SOPHIE STIRLING

QUE ABSURDO!

Mancadas, histórias secretas e outras curiosidades

TRADUÇÃO
UBK Publishing House

ubook UBK Publishing House

Publicado mediante acordo com Mango Media Inc. Edição original do livro *We did that!*, publicada por Mango Media Inc.

ubook UBK Publishing House

COPIDESQUE Fernanda Simões
REVISÃO Lígia Alves | Rosemeire Carlos
PROJETO GRÁFICO E ADAPTAÇÃO DA CAPA *Man Is But a Worm, de Linley Sambourne.* Publicada originalmente na revista *Punch*, de 1882 [Domínio público]
DIAGRAMAÇÃO Know-how Desenvolvimento Editorial

Dados Internacionais de Catalogação na Publicação (CIP)
(Câmara Brasileira do Livro, SP, Brasil)

Stirling, Sophie

Que absurdo! : mancadas, histórias secretas e outras curiosidades / Sophie Stirling ; tradução UBK Publishing House. -- Rio de Janeiro : Ubook Editora, 2020.

Título original: We did that?

ISBN 978-65-87549-40-8

1. Contos brasileiros 2. Curiosidades 3. Literatura brasileira 4. Usos e costumes - História I. Título.

20-39625 CDD-B869.93

Índices para catálogo sistemático:
1. Histórias : Literatura brasileira B869.93
Maria Alice Ferreira - Bibliotecária - CRB-8/7964

Ubook Editora S.A
Av. das Américas, 500, Bloco 12, Salas 303/304,
Barra da Tijuca, Rio de Janeiro/RJ.
Cep.: 22.640-100
Tel.: (21) 3570-8150

Para Antonio Frexes.

"Jamais permita que a educação formal interfira no seu aprendizado."
— Mark Twain

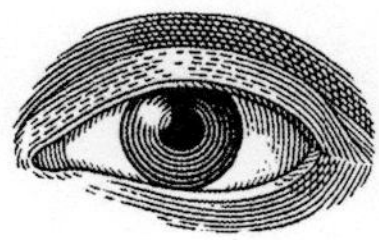

Sumário

Introdução

UM ARMÁRIO DE HISTÓRIAS CURIOSAS

A história da humanidade. Muito pode ser imaginado a partir dessas simples palavras: a queda de impérios, a ascensão de novas nações, a fundação de novas religiões, guerras, invenções, descobertas científicas, mistérios, vitórias. Não há dúvida de que nossa espécie tem histórias interessantes para contar.

Muitos contos compõem o material das lendas, mostrando a beleza, a sabedoria e a engenhosidade da humanidade. Mas outros momentos da história estão cheios de enganos, estranhezas e loucuras cativantes — esses são os momentos para os quais vivem pessoas como eu, nerds apaixonados pela história. Por isso, em vez de nos sentirmos felizes e orgulhosos de nossa espécie, acho que devemos fazer um passeio pelos momentos mais delicados e embaraçosos para agitar um pouco as coisas.

Alguns podem dizer que a ignorância é uma dádiva, mas eu afirmo que a ignorância é um tédio. Você está segurando um livro cheio de esquisitices. Somos estranhos e estamos orgulhosos disso. Então, vamos nos entreter. Afinal, se os alienígenas estão realmente nos assistindo do espaço, acho que demos a eles um reality show bem legal. Está na hora de ligarmos esse canal também!

A partir de agora, vamos nos divertir com alguns dos momentos mais estranhos e engraçados de que temos registro. Há muita coisa... e eu definitivamente não posso capturar toda a grandeza e o descaramento de nossa história em um único livro. Por ora, daremos uma olhada em uma única prateleira do armário da nossa curiosa existência.

Sente-se, relaxe e tente não ter vergonha.

Ah, e um aviso necessário: há vários trocadilhos ao longo das páginas deste livro. As “piadas de tiozão” se soltaram de suas pequenas gaiolas, e eu não fiz nada para inibi-las. Na verdade, estava bebendo uma *piña colada* e cuidando do meu bronzeado enquanto as via fugir da prisão. Aproveite.

Nós fizemos isso?

MANCADAS, TOLICES E BIZARRICES

"A diferença entre ficção e realidade é que a ficção precisa fazer sentido."

— Tom Clancy

Nossa história peculiar

Diariamente eu fico espantada. Vejo notícias, leio artigos, rolo o meu feed nas redes sociais... e observo. Às vezes não consigo acreditar nas loucuras que leio. Tenho certeza de que você também não. Um homem na Flórida[1] realmente agrediu alguém com uma coxinha de frango frito? Será que o presidente realmente disse aquilo? Alguém bateu o recorde mundial de enfiar palitos de dente na barba? (Mais de dois mil palitos, a propósito.)

Os humanos são tão brilhantes quanto loucos varridos. Ninguém consegue nos acompanhar. Nem eu consigo me acompanhar às vezes, admito. Mas não julgue... Todos nós já tomamos algumas decisões embaraçosas, ao mesmo tempo que rimos da desgraça dos outros. A história está cheia desses momentos, e continuará sendo assim, tenho quase certeza, até a nossa extinção. Algo que, se você assistir às notícias, não deve demorar muito mais!

Gafes históricas

O guardião do portão foi pescar

Constantinopla, hoje Istambul, foi uma das principais cidades durante a Idade Média. Não somente compreendia a porta de entrada entre a Europa e a Ásia como também era linda, culturalmente rica e ficava próxima a um porto movimentado. Também vinha com uma lavadora e uma secadora de roupas. Todo império queria um pedaço dela. Contudo, com uma linha dupla de muralhas robustas fortificando a cidade, ela resistiu a mais de vinte cercos. Era impenetrável.

Mas, então, sabe como é... você quer o que não pode ter. E o Sultão Maomé II do Império Otomano queria muito Constantinopla. Então, em 1453, ele liderou um cerco contra a cidade, sem grandes esperanças

1 "Florida Man" é um meme da internet baseado na suposta fama desse estado norte-americano de abrigar eventos estranhos ou incomuns. [N. E.]

de sucesso. Isso se deu... até que um dos seus homens descobriu um portão que havia sido deixado destrancado. O portão, chamado Kerkoporta, permitiu que o exército inimigo invadisse a cidade, surpreendendo a todos os seus habitantes e dominando Constantinopla com pouquíssima resistência. O que aconteceu exatamente com o guardião do portão? Será que ele adormeceu ao volante? Saiu para pescar naquele belo porto com vista? Simplesmente "viajou na maionese"? Talvez nunca saibamos. Mas tenho certeza de que ele provavelmente acabou sendo demitido — assim como o restante da cidade. Hehe.

Um acidente chocante

Quando o grande poeta norte-americano Walt Whitman faleceu, em 1892, seu cérebro foi doado para a Universidade da Pensilvânia. Tendo sido um dos mais prolíficos escritores e mentes brilhantes da história daquele país, foi um grande privilégio dispor literalmente de seu cérebro. Você consegue imaginar? Tenho certeza de que as veias do cérebro dele se rearranjavam em poemas ao longo do tempo.

De todo modo, Whitman, que muitas vezes escreveu sobre frenologia, doou seu cérebro para a ciência. Um dia, porém, um jovem técnico de laboratório relatou que deixara cair o frasco em que o cérebro estava guardado e acabou por danificá-lo. Nem mesmo os pedaços puderam ser salvos. *Ele deixou cair o cérebro poético.*

Essa foi a história oficial contada pelo dr. Henry Cattell, o patologista-chefe da universidade. O que *realmente* aconteceu Cattell levou para o túmulo. A verdade é que *ele* acidentalmente destruiu o cérebro. Depois de terminar suas observações diárias, ele acidentalmente se esqueceu de vedar o cérebro e o deixou ao ar livre durante a noite. Pela manhã, o órgão havia se decomposto completamente. Por medo do que aconteceria com sua carreira, o homem se manteve em silêncio e só viria a tortuosamente confessar a verdade em seu diário:

> "Sou um idiota, um maldito idiota, sem uma memória consciente ou apto para qualquer posição aprendida. Estraguei o cérebro de Walt Whitman por não ter coberto devidamente o frasco. Descobri isso pela manhã. Isso me assola..."

O pobre dr. Cattell não precisava ter sido tão duro consigo mesmo por ter deixado o cérebro de Whitman se deteriorar. Afinal de contas, o poeta sabia que toda carne era passageira. Em "Time to Come", Whitman escreveu:

> Esse curioso quadro de bolor humano,
>
> Em que os desejos não correspondidos brincam,
>
> Esse cérebro e esse coração, e formas maravilhosas
>
> Todos devem se degenerar .
>
> Veja só! Anime-se, velho Cattell.

Treze vezes encantado

A pintura holandesa *Het Lam Gods*, traduzida como "O retábulo de Gante" (também conhecida como "Adoração do cordeiro místico"), é a obra de arte mais disputada da história. Essa pintura religiosa a óleo de 1432 retrata a maior parte da mística cristã, desde a Anunciação (um anjo anunciando à Virgem Maria que ela conceberia o salvador) até o sacrifício de Jesus Cristo, simbolizado como um cordeiro que sangra em uma taça. Pintada em um painel de carvalho e pesando duas toneladas, a obra de arte de 3,5 por 4,6 metros foi roubada *treze* vezes. Isso é basicamente como roubar um carro de madeira muito plano e largo.

Trata-se de uma peça muito cobiçada, não apenas pela habilidade artística e pela idade que acumula, mas também por sua beleza e conexão religiosa. Foi queimada, explodida, jogada por aí, teve alguns painéis separados, porém a maior parte sobreviveu. A décima primeira e a décima segunda, para ser mais exata. Sua longa e complicada história está repleta de assaltos, guerras, notas de resgate, teorias da conspiração e muito mais.

A pintura foi originalmente criada para a Catedral de São Bavão, em Gante (atualmente Bélgica), onde reside depois de sua viagem ao redor do mundo. Napoleão foi o primeiro a roubá-la, seguido de calvinistas, nazistas, alemães e outros desconhecidos. O roubo do último painel ainda desaparecido, "Os Juízes Justos", que pertence ao canto inferior esquerdo, ainda é considerado um caso em aberto para a polícia de Gante. Portanto, não somente se trata do quadro mais roubado da história como também do caso aberto mais antigo. A última dica que a polícia recebeu dizia que ele estava escondido à vista de todos. Então, quem sabe... da próxima vez que for à Europa, fique de olhos bem abertos.

A obra "O retábulo de Gante" com todos os painéis intactos.

Tempo de tempestade

Não se esperava que o Rei George VI da Inglaterra herdasse o trono da Grã-Bretanha. Ele sempre vivera à sombra do irmão mais velho, Eduardo, que havia sido coroado rei, mas que abdicara do trono por amor. Quando isso aconteceu, George precisou entrar em ação. De qualquer forma, talvez o fato de haver crescido com a impressão de que sempre ficaria em segundo plano tenha criado uma grande lacuna na educação artística de George.

John Piper era um pintor inglês especialista em paisagens escuras e tempestuosas. Embora tenha se tornado um pouco popular por retratar a Primeira Guerra Mundial, suas obras mais marcantes foram as paisagens. Quando o Rei George exibiu algumas das obras de Piper em uma exposição, ele comentou com o pintor: "Pena que o tempo estivesse sempre tão horrível." Ah, George!

Fake news

Há um número surpreendente de momentos embaraçosos na história dos jornais. Antes do telefone e da internet, essa era a fonte da qual nossa espécie esperava obter notícias confiáveis sobre o mundo. Mas as figuras por trás da tinta são humanas como nós, afinal de contas. Aqui estão algumas manchetes esculpidas em tinta para olhar e sorrir e/ou se envergonhar.

"Naufrágio do Titanic: nenhuma vida perdida"

O dia 15 de abril de 1912 tornou-se caótico e desolador para o mundo quando o Titanic afundou nas águas geladas e escuras do Atlântico, matando mais da metade dos passageiros e da tripulação a bordo. Mas o mundo ainda não sabia disso, sobretudo o *Vancouver World.*

Naquela fatídica segunda-feira, quando a notícia do desastre foi dada pela primeira vez, o jornal canadense correu para que fosse impresso com a manchete "Naufrágio do Titanic: nenhuma vida perdida". Infelizmente, como sabemos agora, eles não poderiam estar mais errados. Apesar do constrangimento, porém, não foi tudo culpa deles. O telegrama que eles receberam informou que um navio estava sendo rebocado para Halifax e que os passageiros estavam bem — só não estava se referindo ao Titanic. O *Vancouver World* não estava sozinho nessa: outros jornais relataram erroneamente a ausência de fatalidades ou estimaram um número incorreto de mortos.

See Page 19 For Particulars of The World's Dot Contest Today

E EDITION

The World

TANIC SINKING; NO LIVES LOS

SERS TRANSFERRED TO CUNARD LINER CARPATHIA—ALL ARE NOW SAFE

NOW ON HER WAY TO HALIFAX

THREATENS TO SEND HORDE OF I. W. W. HERE

THINK CALIFORNIA MAN MURDERER

ROOSEVELT IS VICTORIOUS IN PENNSYLVANIA

LOCAL MANAGER TITANIC PASSENGER

OIL ENGINES ON C.P.R. BY JULY 1

THAT'LL HELP SOME

Até a poeira assentar, pode ser difícil obter informações precisas assim que a tragédia acontece. Mas, como é dever dos jornais informar os seus leitores o mais rapidamente possível, muitos editores já contaram com o ovo antes de a galinha botar, por assim dizer. Não é rara a falta de precisão nas reportagens, especialmente na névoa de confusão que acompanha um evento como o daquele navio. O perecimento do Titanic foi um acontecimento que entrou para a história, assim como a manchete descrita aqui, embora por motivos muito distintos.

O mágico de Marte

Enquanto muitos aspectos de nossa galáxia permanecem um mistério, nos últimos cem anos nosso conhecimento sobre Marte tem evoluído um bocado. Tomemos o seguinte exemplo: no início dos anos 1900, era bastante comum acreditar que havia vida em Marte, com base no conhecimento disponível. Marcianos de fato. Um artigo sozinho do *Salt Lake Tribune* tem uma variedade de informações interessantes para nos iluminar nesse sentido.

Em 1877, o astrônomo italiano Giovanni Schiaparelli relatou ter encontrado o que ele acreditava serem longas e finas linhas na superfície do planeta laranja. Ele as chamou de *canali*, que significa "canais" em italiano. Muitos anos depois, no final dos anos 1800 e início dos anos 1900, o renomado astrônomo Percival Lowell tomou essa observação para si e seguiu em frente com ela.

Lowell levantou a hipótese de que os longos canais na superfície planetária eram resultado da engenharia marciana — que os habitantes do planeta vermelho tinham construído uma extensa rede de canais de irrigação para extrair água de suas calotas nevadas, em uma tentativa de salvar seu planeta seco.

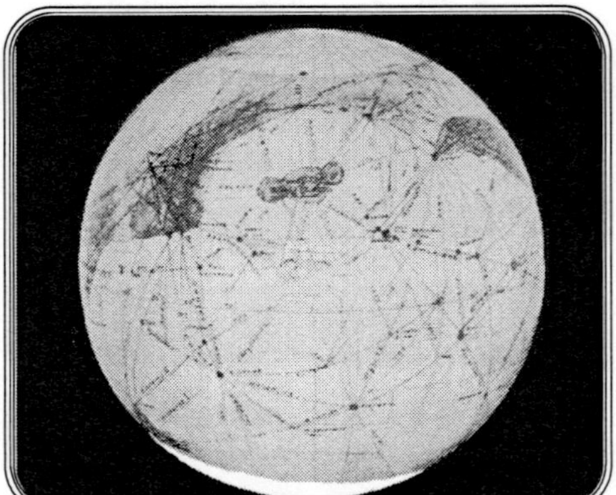

As linhas em Marte desenhadas pela equipe de Lowell.

Como os canais no planeta aparecem e desaparecem ao longo do ano, em vez de relatar a ideia ridícula de que os marcianos os cavavam e preenchiam anualmente, o *Tribune* relatou a teoria de que essas linhas que se encerram e diminuem eram formadas pela *vegetação* que revestia as margens dos canais. E não pelos canais em si.

Magazine Section — The Salt Lake Tribune. — Sunday, October 13, 1912

Mars Peopled by One Vast Thinking Vegetable!

Interesting Theory of Prof. Campbell, of Lick Observatory, That Explains the "Canals," "Eyes," and Other Puzzling Problems of Our Neighbor Planet

ODD FACTS ABOUT MARS

E, comparando a vegetação marciana com as plantas carnívoras da Terra que aprendem e crescem, algumas pessoas começaram a se perguntar: por que as plantas em Marte não poderiam evoluir também, de maneira inteligente? Aqui a coisa começa a ficar boa!

O *Tribune* ainda supôs que a vegetação tinha a missão de manter o planeta vivo e que deveria haver uma inteligência maior por trás de todo esse esquema — um globo ocular gigante que brotava da superfície do planeta:

> "A mancha branca que às vezes vemos [em Marte] não é realmente uma pilha de neve, mas um 'olho'. Apoiado em uma tênue coluna flexível, ele pode se elevar quilômetros acima da superfície do planeta e observar as operações do seu corpo vegetal em qualquer ponto."

O fato de tantos cientistas e astrônomos não terem notado esse olho não é de estranhar, o jornal tranquilizou os leitores. Os canais só tinham sido vistos por alguns poucos especialistas, e muitos negavam veementemente sua existência. Não conseguiriam chegar a tal teoria sem esse conhecimento.

Como o mágico de Oz, o olho vigiava todas as suas hortaliças e se assegurava de que o planeta recebesse seus nutrientes. Mas o melhor ainda estava por vir... Aparentemente, quando não estava ocupado vigiando seu próprio planeta, o tal olho estava *nos* vigiando.

O *Tribune* informou: "Quando não está empenhado em contemplar a condição física do seu corpo, o grande 'olho' faz observações da Terra, do sol, dos planetas, das estrelas e de todo o universo. De sua vasta [posição], consegue ver mais e mais longe do que todos os telescópios da nossa Terra juntos." Pode estar nos observando *agora mesmo...*

Apenas para manter o tema do espaço sinistro, aqui está uma foto aérea tirada pela Nasa em 1976 que mostra uma formação geológica em Marte que parece um rosto mascarado assustador. Talvez essa seja a verdadeira face do mágico de Marte? Ou só mais um motivo fazer você perder o sono à noite? De nada, terráqueo!

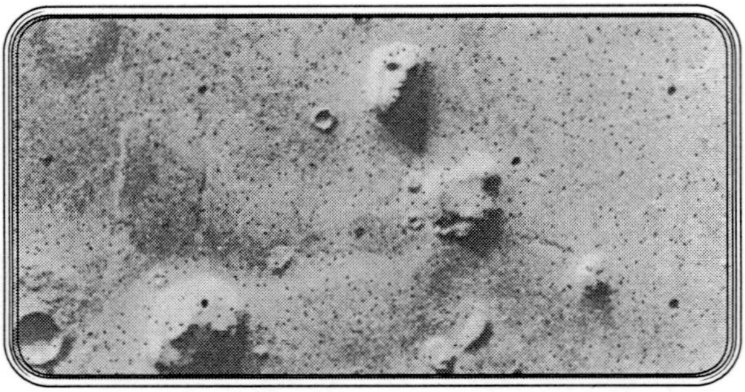

Os novos dinossauros

Sinto-me grata por poder incluir esta seção na categoria de falsas previsões. Em abril de 1905, o *Saint Paul Globe* previu o fim de boa parte do reino animal. E o nome do artigo realmente diz tudo. A história começa descrevendo os cientistas do Museu Americano de História Natural encaixando os ossos de um brontossauro — um dinossauro que eu acho que se parece com um monstro do Lago Ness de quatro patas. A publicação prenunciou então que não demoraria muito "até que os ossos de animais e pássaros agora familiares aos homens sejam procurados, quase, se não tão avidamente, como curiosidades para museus".

O artigo prosseguiu listando uma série de espécies que se extinguiriam (o que *não* ocorreu na realidade), como o bisão, a vaca-do-mar (peixe-boi) e o leão-marinho. De acordo com a predição deles, o boi-almiscarado, a lontra-marinha, o elefante-marinho, a tartaruga-das-galápagos, a girafa e a foca peluda acompanhariam o brontossauro em seu túmulo. Admito, como muitos cientistas, que o pânico é uma reação natural — muitas espécies estão desaparecendo rapidamente do nosso mundo moderno. Felizmente, porém, a maioria das previsões do artigo ainda não se concretizou.

Hoje, mais de cem anos depois, a única dessas espécies que está em perigo (mas não extinta!) é a tartaruga-das-galápagos. As lontras-marinhas estão listadas como ameaçadas. Por sorte, a única coisa neste caso que se extinguiu foi o *Saint Paul Globe* — aquela edição foi uma de suas últimas impressões!

Erros de digitação épicos

A falta do hífen

A corrida espacial dos anos 1950 e 1960 resultou em conquistas brilhantes. Desde colocar o primeiro homem em órbita até enviar um homem à Lua. Uma falha particularmente épica foi a infame missão da sonda Mariner 1, em julho de 1962.

A Mariner 1 estava em uma missão de viagem para Vênus com o objetivo de coletar dados científicos. Mas, no dia do lançamento, apenas alguns minutos após uma decolagem brilhante, o sistema interno de orientação começou a apresentar falhas. Ele se virou então de volta à Terra, em rota de colisão. Os controladores de lançamento precisaram ordenar a autodestruição do veículo. *Poof!*, lá se foi uma sonda de oitenta milhões de dólares.

O que poderia ter acontecido de tão errado? A história conta que, na pressa da Nasa em lançar a Mariner 1, alguém deixou de fora um pequeno hífen do código. Um hífen que mandou o foguete para fora do curso. Um hífen que custou milhões de dólares e, é claro, um pouco do orgulho norte-americano.

A sonda espacial Mariner 1
antes de as coisas não darem muito certo.

Shakespyr

Como graduada em língua inglesa, a base da minha vida foi abalada quando descobri que a grafia do nome de Shakespeare nunca foi especificamente confirmada. Muitos dos documentos históricos descobertos trazem diferentes variações de sua assinatura. Talvez ele fosse preguiçoso. Alguns pressupõem que ele não sabia soletrar. Afinal, em suas obras se notam inconsistências ortográficas, como a palavra *alley* ("beco") escrita de forma diferente *(allie, allye)*, tudo na mesma frase, além de outras peculiaridades. Durante a era de Shakespeare, porém, a ortografia era mais relaxada do que é hoje.

Algumas variações de seu nome são *Shaksper*, *Shakspere*, *Shackpeare* e *Shakespyr*, sendo a última a maneira como alguns de seus contemporâneos o escreveram. Apesar do pânico que senti ao descobrir esse fato, precisei dizer a mim mesma que isso realmente não importa no contexto geral das coisas. Afinal de contas, o que é um nome? Independentemente das palavras, sua escrita seria igualmente doce.

A assinatura selvagem de Willy.

Dord: insira a definição aqui

Novas palavras são cunhadas todos os dias. Às vezes, minuto a minuto — basta observar um dos esquetes de "Guy Who Just Bought a Boat", do *Saturday Night Live.* Nesse quadro, um cara esnobe dá conselhos amorosos e faz comentários sobre o seu próprio (e não muito satisfatório) desempenho sexual. O Twitter também é uma prova de que a criatividade das pessoas não tem fim.

Porém, em 1934, houve um caso em que uma palavra entrou no léxico completamente por acidente. No *Novo Dicionário Internacional Webster* daquele ano, a palavra *dord* apareceu na página 771.

Como esse verbete superaleatório foi publicado? Bem, você pode não saber, mas o *Webster* também inclui abreviações para as palavras. E não apenas as palavras propriamente ditas. (Então, por exemplo, na seção L, você pode encontrar a abreviação lb para *pound*.) Os escritores estavam tentando estabelecer uma abreviação para a *densidade de* palavras, que, de acordo com a nota deixada para os editores, poderia ser abreviada com as letras "d ou D" (e em inglês a anotação ficou assim: "d or D").

O problema é que essa nota foi incluída na lista de "palavras" no lugar da de "abreviações", e os espaços foram erroneamente retirados de "d or D", dando-nos a palavra inventada *dord*. Somente cinco anos depois se descobriu que a tal palavra não tinha instâncias de uso, nem etimologia. *Dord* foi rapidamente removida do *Novo Dicionário Internacional Webster*, embora tenha aparecido eventualmente em outros dicionários com uma abordagem mais flexível para jogos de palavras.

O Chile ganha um novo nome

Os erros de digitação, como vimos, podem custar dinheiro. Mas eles normalmente não estão *no* dinheiro. Há poucas palavras que podem caber em uma nota ou em uma moeda, tipo cinco no máximo. Mesmo assim, alguém conseguiu fazer isso contra todas as probabilidades.

Em 2008, o gerente da Casa da Moeda do Chile, Gregorio Iniguez, aprovou a cunhagem de centenas de milhares de novas moedas. Eram lindas. Eram brilhantes. Eram perfeitamente redondas. Mas havia um problema... tinham escrito o nome do país incorretamente. O carimbo dessas moedas era C-H-I-I-E. Vou tentar defendê-los. Quando tudo está em letras maiúsculas, o L perdido não é tão perceptível se não olharmos muito de perto, meio que apertando os olhos.

Ninguém notou o erro crasso até cerca de um ano depois. Como o constrangimento foi demais para os seus superiores, Iniguez e vários outros responsáveis foram demitidos. Mas ei: agora essas moedas são um item de colecionador! Então, se você visitar esse lindo país (de onde minha família vem!), mantenha os olhos bem abertos para os dois I's.

Por que espinafre significa ferro

Quando você se pergunta como pode incluir mais ferro na dieta, aposto que sua mente vai diretamente para o espinafre. Você não está sozinho aqui! Devemos esse estereótipo alimentar sobretudo ao Popeye, obviamente, mas há outra razão pela qual a ideia "ferro = espinafre" está tão enraizada em nossas mentes.

Em um estudo alemão de 1870 que examinou o teor de ferro do espinafre, o químico Erich von Wolf acidentalmente colocou o ponto decimal muito à direita. Em vez de informar que o espinafre tinha 3,50 mg de ferro, o documento foi impresso como contendo *35,0 mg* de ferro — dez vezes a quantidade que realmente tem. Como diria Popeye, macacos me mordam!

O estrago estava feito, e gerações cresceram com essa conexão em suas mentes. Quase sessenta anos depois que von Wolf concluiu seu estudo, a alta reputação do espinafre de ferro se fincou ainda mais em nossas psiques quando Popeye estreou, em 1929. Ainda se trata de um vegetal muito nutritivo, não se engane. Mas não é *tão* nutritivo quanto sua fama sugere. Você só precisa conseguir a força do Popeye por outros meios!

Um caso de "ilhadentidade" errada

Ilha da Califórnia

Sim, você leu direito. O estado da Califórnia já foi pensado para ser uma ilha! Por mais de duzentos anos, foi retratado em mapas como uma massa de terra separada. Como isso aconteceu? Quando o marinheiro espanhol Fortún Jiménez desembarcou na costa sul da Baixa Califórnia, em 1533, ele confundiu o estado inteiro com uma ilha. Se você fizer uma busca rápida e observar a Baixa Califórnia em um mapa, verá que ela se projeta na ponta sul do estado como uma península de fato. Portanto, o erro daquele marinheiro foi compreensível. Lembre-se: na época eles não tinham o Google Maps. Apenas mapas reais, daqueles de papel. Ah, Deus, você sabe o que são mapas de papel, certo?

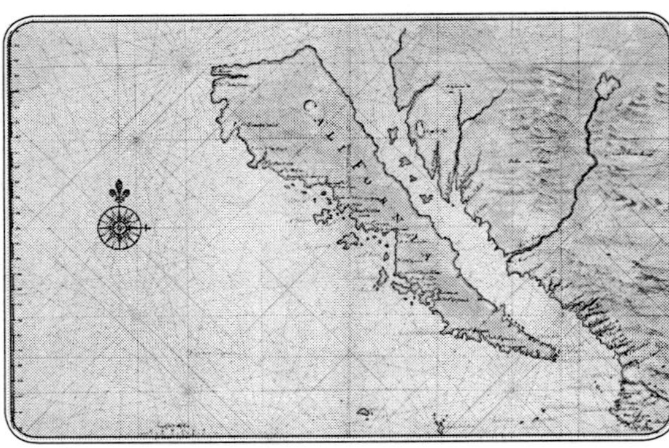

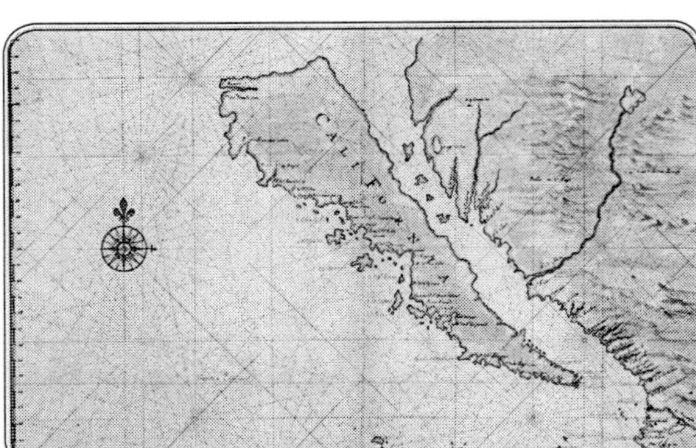

Esse é, de longe, um dos mais famosos "erros de mapa", tendo durado mais de um século! No início dos anos 1700, um padre jesuíta liderou uma expedição pelo Golfo da Califórnia e relatou suas descobertas e dúvidas sobre o status de "ilha" do lugar. Depois de mais pesquisas, em 1747, o rei Fernando VI da Espanha finalmente decretou que a Califórnia *não* era uma ilha.

A ilha perdida Hy-Brasil

Hy-Brasil, uma ilha conhecida por muitos nomes, fica a mais de trezentos quilômetros da costa oeste da Irlanda. Ou não? Alguns dizem que é imaginária e a consideram uma lenda, como Atlântida ou Avalon. Supostamente, estava sempre envolta em névoas como Avalon e aparecia apenas uma vez a cada sete anos.

O nome da ilha tem origem celta — a palavra *Breasal* traduz-se como "o rei supremo do mundo", e *breas* como "afortunado", motivo pelo qual também é comumente chamada de "Ilha da Fortuna". *Infelizmente*, porém, a maioria das expedições que se propuseram a encontrá-la nunca chegou à ilha.

Aqueles poucos que afirmaram tê-la *de fato* visitado tiveram experiências semelhantes. Muitos disseram que era o paraíso na Terra ou "a terra prometida". Contos sobre Hy-Brasil descrevem saúde abundante, edifícios com telhados de ouro e cidadãos ricos. Parece legal! Apesar da grande dúvida sobre sua existência, foi até mesmo desenhada em mapas durante séculos. Ela aparece já em 1325, até 1865, quando literalmente saiu do mapa.

Contudo, nós, humanos, gostamos de resolver mistérios. Recentemente, pesquisadores descobriram áreas submersas perto da localização da Hy-Brasil, que muito bem *poderiam* ter sido ilhas. Portanto, é muito provável que tenha sido, na verdade, um lugar real! A elevação do nível do mar e as mudanças geográficas nessa região são os prováveis culpados por seu desaparecimento.

Como se pode ver no mapa, a Hy-Brasil aparece bem ao lado do casco do animal, como um círculo quase perfeito.

O fantasma da Ilha Sandy

Uma das mais recentes surpresas em relação a mapas ocorreu em 2012, quando pesquisadores do navio acadêmico Southern Surveyor encontraram apenas mar aberto no lugar de uma ilha. Especificamente, a Ilha Sandy. Desde o século XVIII, essa ilha era desenhada em mapas próximo ao largo da costa da Austrália. Porém, quando os pesquisadores se aproximaram do local onde ela deveria estar, tudo o que viram foi água. Não se encontrava ilha em lugar algum.

O que aconteceu com a Ilha Sandy? A água chegava a mais de um quilômetro e meio de profundidade, por isso ela não ficou coberta apenas pelas ondas. Antecipando a popular teoria de Atlântida, o que é improvável dada a extensa pesquisa realizada sobre o fundo do mar, a resposta mais provável é a de que ela nunca esteve lá, para início de conversa. Há uma teoria segundo a qual os marinheiros franceses avistaram manchas de pedra-pomes — uma rocha espumosa leve que se forma após erupções vulcânicas — e as confundiram com uma ilha. Essas grandes rochas podem permanecer na água por anos, daí o mapeamento repetido da ilha inexistente. Mas não se trata exatamente da teoria mais interessante... então, se você é como eu, pode continuar criando mais possibilidades excitantes na sua cabeça.

Dinheiro de imposto no esgoto

Não faltam motivos para que os governos cobrem dos contribuintes, e, aparentemente, também não faltam motivos bizarros para gastar esse dinheiro. Aqui estão algumas maneiras divertidas e criativas como os impostos da população dos EUA foram levados descarga abaixo.

- ☞ Logo após o bombardeio de Pearl Harbor, um dentista chamado Lytle Adams chocou a todos com um plano mirabolante. Como os morcegos mergulham instintivamente para se esconder em prédios quando estão ao ar livre, Adams teve a ideia de prender bombas em morcegos vivos e libertá-los sobre o território-alvo. Um detonador com contagem regressiva se acionaria quando os morcegos estivessem instalados em seus abrigos. Adams submeteu sua ideia ao Serviço de Guerra Química do Exército dos EUA.
- ☞ Eles tentaram. Para fixar as bombas com segurança, os morcegos foram forçados a hibernar na refrigeração. Poucos deles descongelaram com o tempo; ou então, quando os morcegos foram soltos, as bombas eram tão pesadas que os animais não conseguiam voar. Eles simplesmente se atiravam ao chão — fiasco total. O custo da ideia: além dos maus-tratos e do assassinato de muitos morcegos, dois milhões de dólares de impostos.
- ☞ Se você já dirigiu em uma rodovia, tenho certeza de que sente certo nervosismo quando um grande caminhão se aproxima demais. *Será que vai acontecer como no cinema? De repente ele se inclina no volante e cai em cima do meu carro?* O quê? Isso só acontece comigo? Enfim, a Administração Rodoviária Federal do EUA gastou 222 mil dólares para estudar "Atitudes do motorista em relação a caminhões grandes".
- ☞ Agora você pode obter sua dose de cultura e história visitando o sistema de esgoto de Trenton, em Nova Jersey, já que a Agência de

Proteção Ambiental local gastou um milhão de dólares preservando-o como um monumento nacional.

- Quanto tempo você leva para fazer o café da manhã? De dez a quinze minutos? Bem, o Departamento de Agricultura dos Estados Unidos queria ter dados precisos sobre isso. Então, eles fizeram um estudo de 46 mil dólares para descobrir. Resposta: uma média de 37 minutos.
- O Instituto de Serviços Museológicos e Bibliotecários forneceu um subsídio de 150 mil dólares para o Museu de Ciência e Indústria de Oregon, que por sua vez financiou um workshop para determinar se as famosas casas de biscoito de gengibre dos EUA eram à prova de terremotos. Organizado em 2016, o workshop teve como tema: "Como o biscoito desmorona?"

Eles falharam nisso?

Se existe uma indústria vítima de rejeição em todos os ângulos, é a da edição de livros. Ah, espere. É a indústria cinematográfica. Ah, espere...

Rejeição e fracasso estão em todos os lugares. Aqui estão alguns exemplos de fiascos iniciais que acabaram levando ao sucesso. Se você é um aspirante a autor, ator, músico ou artista, em vez de se sentir abatido, anime-se. Todos esses exemplos mostram que, se você criou uma obra de arte brilhante, acredita nela e permanece determinado, terá sucesso. Como diz o ditado popular: "Você só pode falhar se parar de tentar."

Livros

George Orwell, *A revolução dos bichos*

Esta acabaria sendo uma dupla rejeição, embora o editor da editora Faber & Faber não soubesse disso na época. Ele escreveu o seguinte sobre os originais de *A revolução dos bichos*: "Concordamos que se trata de uma obra de escrita notável... Contudo, não temos convicção... de que este é o ponto de vista correto para criticar a situação política no momento atual." (Referindo-se à aliança da Inglaterra com os soviéticos.) "Lamento muito, já que quem publicar isso terá naturalmente a oportunidade de fazê-lo em relação aos seus trabalhos futuros: e eu tenho consideração pelo seu trabalho, visto que é uma boa escrita e de integridade fundamental." Ele estava correto. E esses "trabalhos futuros" acabariam por incluir *1984*.

J.K. Rowling, *Harry Potter*

O primeiro manuscrito de *Harry Potter* foi rejeitado por vários agentes literários e por pelo menos doze editoras, se não mais, antes de encontrar sua morada. Quando perguntam a J.K. sobre o que fazer ao enviar manuscritos para análise, ela simplesmente responde que sempre tentava "escrever melhor do que ontem".

Dr. Seuss e companhia

Theodor Seuss Geisel certamente tinha imaginação. Ele foi autor de dezenas de best-sellers, como *O gato do chapéu* e *Ovos verdes e presunto.* Infelizmente, poucos editores eram tão criativos quando ele tentou publicar pela primeira vez. Seu primeiro livro foi rejeitado por mais de 25 casas editoriais. Desde então, seus livros já venderam, em conjunto, mais de seiscentos milhões de exemplares.

Cinema

- Antes de Ronald Reagan se tornar presidente, ele atuou como ator por 28 anos. E uma vez ele foi rejeitado para um papel em um filme chamado *The Best Man*, de 1954, que no Brasil ganhou o nome de *Vassalos da ambição*. Sabe por quê? Porque os responsáveis pelo filme alegaram que ele não tinha "uma aparência presidencial". Acho que, no fim, alguém descobriu que tinha, sim.
- Um jovem e promissor ator fez uma audição para a Universal Studios em 1959, mas foi rejeitado. A razão que alegaram para isso?

"Você tem lasca de comida no dente, o seu perfil está muito longe do ideal e você fala muito devagar." Eles estavam se referindo a Clint Eastwood.

- Sidney Poitier nasceu prematuro, e não se esperava que sobrevivesse. Suas perspectivas de atuação pareciam muito pequenas, mesmo dentro dos círculos de teatro negro. Quando fez sua primeira audição para o American Negro Theater, que ficava no Harlem, em Nova York, disseram a ele para sair do palco e ir buscar um emprego "em uma cozinha". Para o irritadiço diretor, o sotaque caribenho de Poitier era muito forte, e além do mais o jovem não tinha lido bem as suas falas. Com a prática, Poitier trabalhou em seu ofício e acabou se tornando o primeiro homem afro-americano a ganhar o Oscar de Melhor Ator, depois de ter sido indicado duas vezes. Ele também ganhou inúmeros Globos de Ouro e prêmios Bafta.

Música

- O U2 foi rejeitado pela RSO Records em 1979, quando o representante da gravadora disse que "não eram adequados para nós no momento". No ano seguinte, eles lançaram seu primeiro single internacional "11 O'Clock Tick Tock", e o resto é história!
- Sempre disseram a Ignacy Paderewski — que acabou se tornando primeiro-ministro da Polônia —, que além de músico autodidata é compositor talentoso, que suas mãos eram muito pequenas para tocar piano. Paderewski se tornou um dos maiores pianistas clássicos de todos os tempos.
- A Decca Records rejeitou a música de uma boy band em 1962 dizendo que "os grupos de guitarra estão ultrapassados". A banda em questão? The Beatles.
- Enrico Caruso tornou-se o cantor de ópera italiano mais celebrado (e bem pago) no início do século XX, mas sempre tinha escutado que deveria esquecer esse estilo, pois tinha uma voz que soava como "o vento assobiando através de uma janela".

Ciência

- *Sir* Isaac Newton estava inicialmente fadado a ser um simples fazendeiro. Sua mãe o tirou da escola por volta dos quinze anos para trabalhar e, depois, administrar a fazenda dos pais. Foi uma pena, porque, depois de confrontar um colega valentão, o menino tinha começado a se destacar na escola só para superar seu rival, tornando-se um aluno brilhante. Mas Newton falhou terrivelmente em seu papel de fazendeiro. Ficou desinteressado pelo trabalho e acabou não funcionando. Finalmente, sua mãe o colocou de volta na escola. Em seguida, ele foi para a Universidade de Cambridge.
- Na infância, Charles Darwin era considerado um aluno medíocre. A maior parte de sua família era formada por cientistas e médicos e seu pai esperava que ele seguisse seus passos, mas o menino ficava enjoado só de ver sangue. Então, o pai sugeriu que ele se tornasse um pastor. Felizmente para nós, Darwin preferiu observar e estudar a natureza. Essa vocação inusitada tinha um ligeiro precedente familiar, pois seu avô era um renomado botânico. Apesar de ter sido um aluno mediano na sala de aula, Darwin foi um estudante bem-sucedido na vida. Suas observações de viagem contribuíram para *A origem das espécies.*
- Desde a juventude, Thomas Edison era muito curioso, muitas vezes autodidata a partir da leitura. Entretanto, mais tarde, seus professores afirmaram que ele era "burro demais para aprender alguma coisa", além de ter sido demitido dos dois primeiros empregos por não ser "produtivo". Mas ele não deixou que esses eventos interrompessem sua curiosidade e seu impulso pessoal. Não há como saber se foi sua primeira invenção, mas Edison conseguiu sua primeira patente em 1869, para uma máquina de votar elétrica cujo objetivo era acelerar o processo de votação. Infelizmente, o aparelho acabou sendo um fracasso comercial e, a partir de então, Edison jurou apenas inventar coisas que o público quisesse. Depois disso, poucos anos e algumas patentes mais tarde, Edison alcançou

a fama pela invenção do fonógrafo, em 1878. Seu desafio seguinte: a eletricidade. Quando um repórter lhe perguntou um dia como foi "falhar 1.000 vezes" na sua rota para inventar a lâmpada, Edison respondeu: "Eu não falhei 1.000 vezes. A lâmpada era uma invenção com 1.000 passos".

Os humanos dizem coisas muito infelizes

Problemas com números

"O mais importante que podemos fazer são duas coisas..."

— Tony Blair, ex-primeiro-ministro britânico

"Espero que a história me apresente talvez com duas palavras. Uma é paz. A outra é direitos humanos."

— Presidente Jimmy Carter, em entrevista ao *Philadelphia Daily News*

"Eu te digo, é um grande negócio. Se há uma palavra para descrever Atlantic City é *um grande negócio*."

— Donald Trump

"Lembre-se, só há um contribuinte: você e eu."

— John Kushner, vereador da cidade de Calgary

Juiz: "O que o inspirou a realizar essa invenção?"

Participante: "Duas palavras: nachos."

"Estamos tentando mudar a constituição de 1974, não importa quando ela tenha sido assinada."

— Donald Ray Kennard, representante republicano dos EUA

"Metade desse jogo é noventa por cento mental."

— Danny Ozark, gerente do Philadelphia Phillies, em relação ao beisebol

Problemas em geral

"Então, onde está sendo realizado o Festival de Cannes este ano?"

— Christina Aguilera

"Eu gostaria de começar em algum lugar pequeno, como Londres ou Inglaterra."

— Britney Spears, ao ser perguntada se ela alguma vez participaria de um musical

"O Holocausto foi um período obsceno na história da nossa nação. Quero dizer, na história deste século. Mas eu não vivi neste século."

— Dan Quayle, vice-presidente dos EUA entre 1989 e 1993

"O que é Walmart? Eles vendem papel de parede?"

— Paris Hilton, no início dos anos 2000, em seu reality show *The Sweet Life*

"Eu definitivamente quero que o Brooklyn seja batizado, mas não sei em qual religião."

— David Beckham, falando sobre seu filho, Brooklyn

"Não há problema em ter crenças, só não acredite nelas."

— Guy Ritchie

"Eu acho que as pessoas acreditam que eu gosto de pensar muito. E eu não gosto. Eu não gosto de pensar em nada."

— Kanye West

"Nós somos o país que construiu a Ferrovia Intercontinental."

— Barack Obama, presidente dos EUA, referindo-se à Ferrovia Transcontinental

"Eu nego as alegações e nego os jacarés!"[2]

— Um vereador indiciado de Chicago

"Uma zebra não pode mudar suas manchas."

— Al Gore, vice-presidente dos EUA

"Eu não faço previsões. Nunca fiz e nunca farei."

— Tony Blair, ex-primeiro-ministro britânico

"Eu acho que o casamento gay deveria ser algo entre um homem e uma mulher." — Arnold Schwarzenegger, em 2003

"Eu adoro esportes. Sempre que posso, eu assisto aos Detroit Tigers no rádio."

— O presidente-geral da Ford nos EUA

"Estes são bons tempos, mas poucos sabem disso." — Henry Ford, em 1931, durante a Grande Depressão

Simplesmente estranho

"Meu coração é tão negro quanto o seu."

— Mario Procaccino, ex-candidato a prefeito de pele branca de Nova York, falando para um público negro

---

2 Aqui, na verdade, trata-se de uma confusão entre as palavras homófonas "allegator" (aquele que alega; "alegador") e "alligator" (jacaré), o que criou uma situação jocosa — possivelmente, o vereador pretendia dizer que rejeitava tanto as alegações quanto aqueles que as faziam. [N. E.]

"Apollinaris, médico do imperador Titus, defecou bem aqui."
— Apollinaris, grafite antigo encontrado em uma parede em Pompeia

"Que os ursos me devorem."

— Grafite antigo encontrado perto do Monte Vesúvio

"Apelles Mus [esteve aqui] com seu irmão Dexter. Nós nos divertimos muito [literalmente, amorosamente], fizemos sexo duas vezes — com duas garotas."

— Grafite antigo encontrado perto do Monte Vesúvio

"Fizemos xixi na cama, eu confesso; erramos, estalajadeiro. Se você nos perguntar a razão, não havia penico."

— Grafite romano antigo

"Shakespeare, o grande dramaturgo de origem árabe."

— Muammar Gaddafi, excêntrico líder líbio, comparando o nome do dramaturgo com o de Sheikh Zubayr

"Vocês estão tão preocupados com o que o público pensa que isso atrapalha o que é melhor para nós!"

— Jeanette Smith, membro do conselho da Vesta, Califórnia — em resposta a outros membros do conselho que protestaram contra um jantar pago com fundos públicos

"Por falar em animais, ele se casou com sua esposa, Susanne, quando estava na faculdade."

— Mike Leavitt, governador de Utah, ao apresentar o senador Larry Craig

Brigas verbais

"Um motivo pelo qual a raça humana tem uma opinião tão ruim sobre si mesma é o fato de que muito de sua sabedoria se origina de seus escritores."

— Wilfrid Sheed, escritor

"Ele é um mau romancista e um idiota. Uma combinação geralmente muito popular nos EUA."

— Gore Vidal, sobre o colega escritor Aleksandr Solzhenitsyn

"Eu gosto da sua ópera. Acho que vou defini-la como música."

— Ludwig van Beethoven, para outro compositor

"Um homem sozinho às vezes pode ser muito burro, mas, para uma estupidez genuína, não há nada que supere o trabalho em equipe."

— Mark Twain

"A peça foi um grande sucesso, mas o público foi um desastre."

— Oscar Wilde

"Você nunca deve dizer coisas ruins sobre os mortos, e sim boas... Joan Crawford está morta. Boa."

— Bette Davis

"Eu nunca esqueço um rosto, mas, no seu caso, abrirei uma exceção."

— Groucho Marx

"Apenas duas coisas são infinitas, o universo e a estupidez humana — mas não tenho tanta certeza sobre a primeira."

— Albert Einstein

Nós batizamos de quê?

A criatividade é um dos maiores dons da humanidade. Especialmente o modo como a usamos na arte do jogo de palavras. A seguir, apresento algumas formas interessantes de combinarmos os dois!

Nomes de cidades peculiares

- **Lemu, Finlândia** – A palavra *lemu* traduz-se como "mau cheiro". Mas não se deixe influenciar por isso, pois se trata de uma cidadezinha pitoresca com uma bela arquitetura da Idade Média.
- **Accident, Maryland** – Esta pequena cidade norte-americana tem uma população minúscula de cerca de trezentas almas. Alguém nascido lá é chamado de "um acidente". Moradores com senso de humor. Gosto disso.
- **Poo, Espanha** – Uma cidadezinha encantadora com praias panorâmicas. Felizmente, um nome não é tudo, já que "poo" significa, literalmente, "cocô".
- **Normal, Illinois** – Esta cidade, a cerca de duas horas de carro de Chicago, é provavelmente, como você esperaria, apenas mediana.
- **Oed, Áustria** – Seguindo o tema "normal", o nome desta bela cidade pode ser traduzido como "chata". Embora não tenha uma vida social movimentada, com certeza é linda!
- **Chicken, Alasca** – Este vilarejo de minas com o nome de "galinha" que sobrou da corrida do ouro é pequeno demais para ser chamada de cidade. A população tem pairado em torno de vinte pessoas e só diminui, segundo os últimos censos.
- **Cut and Shoot, Texas** – Um dos nomes mais estranhos de cidades do estado do Texas ("cortar e atirar"), conta com uma população de cerca de mil habitantes.
- **Embarrass, Minnesota** – Além de seu estranho nome (que significa "embaraçar"), esta cidade é conhecida principalmente por ser a mais fria do estado de Minnesota.

☞ **Llanfairp wllgwyngyllgogeryc hwyrn drobwlll lantysilio gogo goch, País de Gales** – Para pronunciar o nome desta cidade são necessários dois ou três pulmões cheios de ar, mas a maioria a chama apenas de Llanfair. Ela se supera com o nome mais longo da Europa!

Nomes estranhos de pessoas reais

Crystal Metheney ☜ uma mulher da Flórida. "Crystal meth" e "meth" são nomes que designam a metanfetamina, uma droga sintética estimulante cujos efeitos se manifestam no sistema nervoso central e periférico.

Chris P. Bacon ☜ bacon crocante.

Pid Purdy ☜ jogador de beisebol norte-americano. Tanto "pid" como "purdy" são gírias usadas para se referir a pessoas estúpidas, de pouca inteligência

Mike Litoris ☜ percebeu que a pronúncia lembra "my clitoris", ou "meu clitóris"?

Sam Sung ☜ um especialista da Apple.

Flavour Balls ☜ bolas de sabor.

Muffin Lord ☜ senhor Muffin.

Batman Bin Suparman ☜ um jovem de Cingapura.

Jesus Condom ☜ camisinha de Jesus.

Dixie Normous ☜ o nome lembra um trocadilho que remete às palavras "dick" (termo vulgar para "pênis") e "enormous" (que significa "enorme").

Matthew Correspondent ☜ Matthew Correspondente um correspondente da BBC News.

Wendy Wacko ☜ Wendy Excêntrica.

Filet Minyon ☜ filé mignon.

Sue Yoo ☞ a pronúncia do nome lembra a expressão "sue you", algo como "vou te processar". E Sue é uma advogada, pode acreditar.

Marcas, lojas e muito mais

Ash Wipe Chimney Sweeps ☞ limpadores de chaminés de limpeza de cinzas, um estabelecimento em Illinois.

Ooooh Girl Who Did Your Hair Salon ☞ ahhhh, garota! Quem fez o seu cabelo? Faça o seu cabelo nesse salão em Albuquerque, Novo México.

Curl Up & Dye ☞ outro salão de cabeleireiro com senso de humor. Nesse caso, a referência é à palavra "die", que significa "morrer", mais conhecida e menos técnica que "dye", que pode ser traduzida como "pintura". Assim, na grafia, ficaria "enrole e pinte", mas, na pronúncia, "enrole e morra".

Wok This Way ☞ um restaurante chinês em São Francisco. A palavra "wok" (um utensílio básico da culinária asiática) aparece no lugar de "walk" em uma brincadeira com o título da canção "Walk This Way", interpretada pela banda Aerosmith junto com o Run-DMC.

Vinyl Resting Place ☞ local de descanso eterno do vinil. Você simplesmente *sabe que* essa loja de discos fica em Portland, Oregon.

Let's Get Stoned, Inc. ☞ Vamos Ficar Chapados Inc. Empresa especializada em bancadas e ilhas de granito para cozinha.

Planet of the Grapes ☜ planeta das Uvas. Um bar de vinhos em Londres. Uma brincadeira com "Planet of the Apes", o Planeta dos Macacos.

Surelock Holmes ☜ um serralheiro de Portsmouth. "Bloqueio certo", referindo-se ao personagem detetivesco Sherlock Holmes.

Spruce SpringClea ☜ serviço de limpeza de tapetes e estofados espirituoso na Cornualha Britânica. Um trocadilho com o nome do cantor norte-americano Bruce Springsteen — em tradução livre, "Limpeza Refinada de Primavera".

Animais

Spiny lumpsucker ☜ espinhoso chupador de caroço. Um peixe pequenino que suga em superfícies.

Pleasing fungus beetle ☜ besouro fúngico agradável. Acho que parece uma joaninha.

Pink fairy armadillo ☜ tatu fada cor-de-rosa. Em português, pichiciego-menor. Realmente devemos considerar que os Pokémons ganham vida.

Lagartixa-satânica-cauda-de-folha ☜ tão fofa quanto o nome sugere.

Tubarão tapete ☜ um tipo de tubarão em formato de tapete.

Ice cream cone worm ☜ minhoca cone de sorvete. Às vezes, só precisamos manter a simplicidade. No Brasil essa minhoca é conhecida pelo nome da espécie: *Lagis koreni*.

Bubal hartebees ☜ uma criatura extinta com aspecto de antílope. A sonoridade lembra "bubble heartbeat", algo como "batida do coração da bolha".

Boops ☜ uma espécie de peixe-dourado.

Água-viva de ovo frito ☜ água-viva de gema de ovo. E parece mesmo!

DE ONDE SURGIU ISSO?

Pomo-de-adão

Como muitas outras expressões do dia a dia, "pomo-de-adão" é negligenciada. Contudo, a sua origem é simples e bastante literal. Uma vez que, claramente, não há como saber se Adão e Eva realmente comeram uma maçã amaldiçoada (ou qualquer outra fruta), o pomo-de-adão ganhou esse nome porque se acreditava que um pedaço tenha ficado entalado na garganta de Adão. Mas se trata simplesmente de uma cartilagem.

(As mulheres também o têm, embora de modo menos pronunciado.)

"Amarrar o nó"

Essa frase de casamento comum nos EUA ("tying the knot") vem de um antigo druida irlandês, dentro de uma tradição chamada "handfasting", na qual um padre druida amarrava as mãos dos noivos durante a cerimônia de casamento para simbolizar a nova unidade. A tradição se mantém até hoje!

Talentos ousados

Caçadores de trem

Józef Piłsudski foi um apaixonado estadista polonês de pensamento muito livre. A Polônia havia sido dividida no final do século XVII e ocupada durante uma série de invasões da Rússia, da Prússia e da Áustria por muitos anos. Em uma missão para libertar seu povo da ocupação e formar uma Polônia independente, Józef precisava de muito dinheiro. Em 26 de setembro de 1908, poucas horas antes de embarcar em um perigoso assalto a um trem, ele escreveu uma carta a seu amigo, como uma espécie de testamento de última vontade, dizendo: "Dinheiro... que o diabo te carregue! Prefiro ganhá-lo em uma luta do que implorá-lo ao povo polonês, que se infantilizou por sua covardia. Eu não tenho dinheiro, mas devo consegui-lo para os fins que busco."

Ele e outros vinte, homens e mulheres, se reuniram em Bezdany, Lituânia, para colocar o assalto em prática. O alvo do bando: um trem postal cheio de dinheiro de impostos em direção à Rússia. Seis dos assaltantes se fizeram passar por passageiros, e os demais esperaram do lado de fora para atacar. Enquanto o trem se punha em marcha, um grupo tomou o poder na estação e interrompeu a comunicação externa. Outro grupo atacou o próprio trem com bombas e poder de fogo para arrombar o vagão reforçado onde ficava a carga. A cena lembra os filmes antigos; eles enfiaram o dinheiro em sacos de pano — mais de quatro milhões de dólares de impostos no valor atual. Com o saque garantido, separaram-se em veículos diferentes e partiram em direções distintas. Aquele não somente foi um dos roubos de trem mais bem-sucedidos da história como o dinheiro obtido na ocasião manteve a organização militar secreta de Piłsudski funcionando por muitos anos. Em 1918, a Polônia tornou-se oficialmente um país independente, tendo Piłsudski como seu primeiro líder.

Última posição

Se você está à procura de uma luta digna de Oscar, colocando um oponente contra um inimigo poderoso, precisa conhecer a história da última linha de defesa de Eger no século XVI. Essa cidade foi uma das derradeiras fortalezas do Império Otomano, na Hungria. Os turcos procuravam expandir seus territórios, e Eger era um lugar estratégico. Ela permitia o acesso à cidade vizinha de Kassa, com suas minas de prata e ouro que forneciam riqueza à Hungria, além de proporcionar um caminho para Viena, permitindo-lhes cercar também essa cidade.

Cerca de oitenta mil turcos circundaram a cidade em um momento histórico significativo. Eger tinha apenas duas mil almas que juraram defender seu lar da invasão, apesar de estarem em desvantagem em número de cinquenta para um. Os turcos atacaram com mais de 150 peças de artilharia e quinze grandes canhões. Colocaram bombas ao pé das muralhas, disparando e enviando flechas flamejantes contra elas — tudo em vão. Após 39 dias, os invasores admitiram a derrota. Embora Eger tenha perdido cerca de um terço de sua população, de alguma forma ainda tinha conseguido vencer milhares. Este cerco tornou-se um exemplo de patriotismo heroico e bravura para a Hungria, e para todos nós.

Os boxeadores que poderiam

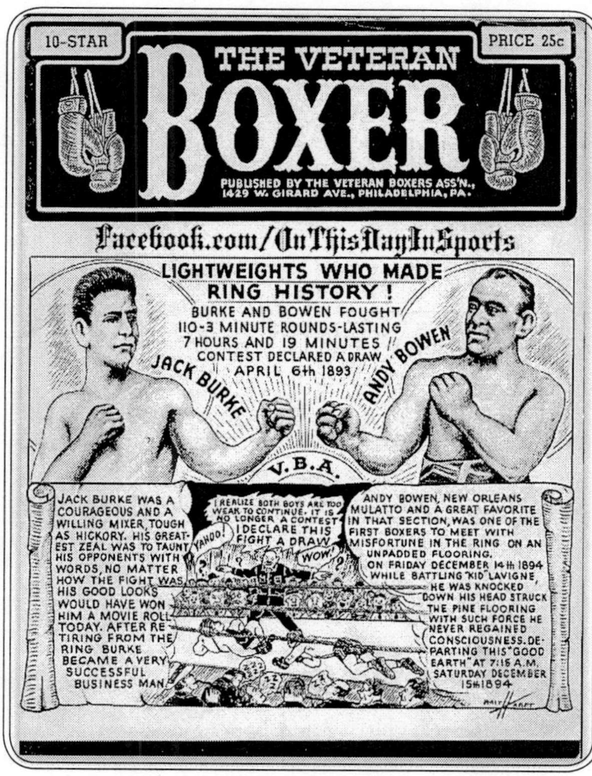

Andy Bowen e Jack Burke não podem ser esquecidos. Esses dois boxeadores participaram em 1893, em Nova Orleans, Louisiana, da luta que ficou conhecida como a mais longa da história. Os dois lutaram por *sete horas* e dezenove minutos. Isso é quase um dia inteiro no escritório. A partida foi dividida em rounds que duraram três minutos cada... o que levou a um total de 110 rounds. Mas escute isto. No final... nenhum deles ganhou. Ambos continuaram, e continuaram lutando, quando o árbitro precisou finalmente declarar empate.

Embora as duas mãos de Burke estivessem quebradas, ambos os lutadores tivessem incontáveis ferimentos, além de cada um estar à beira da exaustão... eles continuaram. Os nove mil torcedores presentes naquele dia começaram a sair aos poucos à medida que as horas passavam. A partida começou às oito da noite e continuou até as três da manhã. Ao final do combate, cada um deles havia perdido quatro quilos e meio. Provavelmente o mesmo aconteceu com muita gente na plateia quando a partida terminou.

Eles estavam disputando o título de campeão de pesos leves do Sul, além de um grande prêmio no valor de 2,5 mil dólares, algo correspondente a sessenta mil dólares hoje. O árbitro sugeriu que os dois competidores dividissem o prêmio.

Essa proeza notável mostra a capacidade da força de vontade. Eles não precisaram lutar durante sete horas — apenas nos três minutos seguintes. E romper. E entrar novamente por mais três minutos. Sua resistência física e força são, claramente, inacreditáveis. Mas são ainda mais surpreendentes sua disciplina mental e ousadia em não desistir.

Os recordes mundiais mais estranhos

Você já se perguntou quantos pacotes de ketchup poderia abrir (sem rasgar) em trinta segundos? E quantos biscoitos da sorte poderia ler em voz alta e depois comer em um minuto? Sim, eu também. E assim fizeram alguns engenhosos e inovadores recordistas. Agora, apenas para exibir uma faixa de exoneração de responsabilidade, há pessoas que aceitam o desafio e tentam bater esses recordes estranhos o tempo todo — então, por favor, note que os recordes que eu descrevo aqui são inéditos até o momento da escrita deste livro e certamente serão batidos em algum momento. Obviamente. Quem *não* sentiria a necessidade de quebrar um novo grande recorde, tipo a maior altura para deixar cair uma salsicha de cachorro-quente diretamente em um pãozinho?

☞ Podemos nunca saber quantas lambidas são necessárias para chegar ao centro de um pirulito Tootsie Pop com recheio de chocolate, mas Emily Wilson com certeza sabe quanto tempo leva para lamber um bastão de doce até um ponto agudo. Ela demorou míseros dois minutos e 54,84 segundos para deixá-lo no formato de uma agulha. Talvez ela quisesse apunhalar o Papai Noel ou algo assim.

☞ A música mais curta do mundo é "You Suffer", do Napalm Death. Ela tem exatamente 1,316 segundo de duração. Ouça: literalmente vai levar menos de dois segundos.

☞ Thaneshwar Guragai, do Nepal, é um recordista veterano. No momento da escrita deste livro, ele detinha catorze recordes mundiais, número que continua crescendo. Meus favoritos são o recorde de girar uma bola de basquete com o dedo do pé por mais tempo (vinte segundos) e o de girar uma bola de basquete em uma escova de dentes (que ele segurou na boca) por mais tempo, exatamente 22,41 segundos.

☞ Falando em dedos dos pés, eis uma façanha que pode ser ainda maior: há uma antiga escultura nórdica de um homem tocando alaúde com os dedos dos pés, datada do ano 800 mais ou menos. Ele pode ser o único conhecido por ter tocado o instrumento dessa maneira, embora existam indivíduos que saibam tocar violão com os pés.

☞ Scott Reynen é o cara que mais usou chapéus de uma única vez — 51, para ser mais exata. O que ele tinha a dizer em sua defesa? "Os chapéus são surpreendentemente pesados."

☞ O maior número de roupas íntimas usadas em uma cabeça é 47, por Paige Herbert, da Califórnia. Em outras notícias sobre lingerie, um australiano chamado Steve Jacobs é o dono do recorde de usar o maior número de roupas íntimas (da maneira "normal") de uma única vez: foram 266 cuecas desafiando a circulação.

☞ Há muitas coisas sobre as quais não sei nesta vida, mas sobre uma eu tenho certeza: definitivamente você pode conseguir uma Coca-Cola nos restaurantes Arby's. O maior cartaz publicitário já exibido tinha 28.922,10 metros quadrados (cerca da metade do tamanho do Castelo de Windsor), dizendo apenas: "O ARBY'S AGORA TEM COCA-COLA." Mensagem recebida!

☞ Uma canadense, Mel Sampson, levou o prêmio de maior número de bofetadas de pizza na cara em 15 segundos — 210 bofetadas quentinhas e caseiras.

☞ Outro canadense (o que há com vocês?), Craig Morrison, abriu o maior número de pacotes de ketchup sem rasgar em trinta segundos — um total de sete. Deve ter parecido um banho de sangue.

☞ O recorde para o maior número de laços de gravata dados de uma única vez foi alcançado por Opus Moreschi: foram 97. Se você se atrever a "vestir a carapuça", será preciso ter tanto habilidade (poucas pessoas sabem fazer esse tipo de laço corretamente em *uma* gravata, quanto mais em 97) quanto uma circulação bastante saudável para vencer esse cara.

☞ Meu recorde mundial pessoal favorito é "o maior número de perguntas feitas durante uma única visita a um *drive-thru*". Steve Fester fez 33 perguntas para a pobre alma que estava trabalhando no guichê naquele dia. Tenho certeza de que você já foi a um *drive-thru* em algum momento da vida e sabe como é difícil fazer apenas *uma* pergunta curta. Das perguntas que ele fez, a minha favorita é a 23, "Posso comprar um Big Mac McMuffin?"

☞ Assim como o lançamento de dardo nas Olimpíadas, Josh Fleischer, da Flórida, detém o recorde de atirar uma impressora o mais longe possível. Sim, uma impressora de escritório. Ele atirou aquela porcaria a quase 8,15 metros de distância.

☞ Nativo da Califórnia, Dan Kendall construiu a torre mais alta com fitas VHS: chegou a quase 2,7 metros. Em Illinois, Brian Pankey detém o recorde de equilibrar mais VHS em seu queixo por mais tempo — foram 25 fitas por 7,15 segundos.

☞ As cadeiras com rodinhas são as melhores. Eu não entendo o propósito daquelas que só ficam paradas. E protesto contra a existência delas! No mínimo, você pode rolar de um lugar para o outro, e, no melhor das vezes, realizar "a maior corrente de cadeiras de escritório puxada por uma motocicleta". O escritório? Widen e Kennedy's.

☞ O recorde de maior "barba" feita de Lucky Charms vai para Justin Gignac, de Nova York! A caixa dessa marca americana de cereal contém flocos de aveia torrada e formas de marshmallow multicoloridas. Justin conseguiu fazer uma barba com 61 flocos. Ei, você já tentou isso quando era mais jovem, não?! Mas existem critérios: o único adesivo permitido é o leite, e você deve colocar os marshmallows e todos os flocos na região normal da barba. Eu teria muita dificuldade para não comê-los do meu rosto. A todos aqueles que tentarem bater esse recorde... *Good luck*!

A ESQUISITICE PERSISTE

Ainda fazemos isso? Capitular

Você pode se perguntar por que a primeira letra de cada capítulo às vezes aparece em uma fonte maior, como acontece neste livro. A isso damos o nome de capitular. Esse recurso começou a ser empregado na época medieval, quando o livro não apresentava nenhuma quebra de capítulo ou seção (simplesmente era uma escrita contínua). Assim, para marcar o início de uma nova seção, ideia ou linha de pensamento, o escriba simplesmente usava uma capitular grande e decorativa. Hoje, usamos pausas claras de capítulo e seção, de modo que a capitular se torna redundante. De qualquer forma, estou usando uma neste livro por dois motivos: primeiro, ser irônica é o meu passatempo favorito; segundo, este é um livro de história que às vezes fala sobre o período medieval, e eu gosto de mostrar as coisas de maneira completa.

Obsessões específicas

Às vezes a obsessão se transforma em mania; às vezes a mania deriva da obsessão. Acho que aqui se aplica o velho enigma: o que veio primeiro, o ovo ou a galinha? Ouso dizer que algumas das pessoas mencionadas a seguir são meio complicadas.

O sineiro

A loucura corre no sangue, algo que em nenhum lugar é mais aparente do que em contos sobre a realeza. É possível escrever vários livros sobre todos os malucos reais ao longo da história sem documentar por completo a sua esquisitice. Um desses esquisitos era o czar Fyodor I da Rússia, que tinha uma obsessão inexplicável por sinos. Ele foi coroado em 1584, após a morte de seu pai, Ivan, o Terrível (um grande ato a ser seguido).

Ter um pai como Ivan, o Terrível, pode ter tido o efeito contrário ao que se esperava, pois Fyodor foi um governante passivo, sempre muito piedoso — o que lhe deu uma desculpa para visitar todas as igrejas e mosteiros da Rússia e tocar todos os seus sinos. Suas obsessões ficaram tão conhecidas que ele era frequentemente referido por dois nomes: Fyodor, o Beato, e Fyodor, o Sineiro.

Presidente da modalidade nadar pelado

John Quincy Adams, o sexto presidente dos Estados Unidos, acordava na mesma hora todas as manhãs, escrevia em seu diário e ia dar um mergulho nu, sem mudar essa rotina uma única vez. Talvez não *totalmente* nu — ele usava óculos de proteção e uma touca de banho. Ainda que houvesse pessoas por perto, o senhor presidente levava para a piscina o seu traje costumeiro. Pode-se dizer que ele foi o fundador da modalidade nadar pelado.

Adam manteve essa rotina, que iniciou por volta da meia-idade, até ficar mais velho. Apesar de muitos perigos e acidentes de quase morte, ele simplesmente não podia negar os bons efeitos que essa prática exercia sobre sua saúde. Em 1822, o congressista Charles Jared Ingersoll escreveu:

O sr. Adams atribui à natação sua saúde ininterrupta durante os vários momentos que viveu em Washington. Ele caminha cerca de um quilômetro e meio até Potomac por oito manhãs consecutivas, das quatro às sete horas, nada de quinze a quarenta minutos, de acordo com a maré, e, depois, volta para casa a pé. Para as seis manhãs de maré baixa, ele se abstém, nadando oito dias em catorze. Não tenho dúvidas de que é um excelente sistema. (Ele é extremamente magro.)

Há uma história famosa de que a repórter Anne Royal uma vez escondeu as roupas do presidente até que ele concordou em fazer uma entrevista com ela. Mas esse (provavelmente machista) boato foi desmascarado. Royal e o presidente eram bons amigos, então não havia necessidade de ela "chantagear" o presidente apenas para ouvir o que sua excelência tinha a dizer sobre as taxas de desemprego.

Açúcar para o sultão

Ibrahim I era um sultão turco nos anos 1600, conhecido como um dos governantes mais estranhos do Império Otomano. O principal motivo pelo qual se tornou sultão foi porque seu irmão mais velho (que havia matado todos os seus outros irmãos mais novos) o deixou vivo, já que não enxergava Ibrahim como uma ameaça; este parecia muito perturbado mentalmente. Em vez disso, Ibrahim foi mantido em confinamento durante a maior parte da vida, enquanto os irmãos eram mortos um a um. Ele esteve preso por tanto tempo — desde que tinha oito anos — que o medo constante de ser assassinado provavelmente desequilibrou ainda mais seu delicado estado mental. Acontece que seu irmão mais velho acabou morrendo, deixando Ibrahim como o próximo na fila para se tornar sultão. Hora de brilhar, irmãozinho!

Uma das coisas que tornaram Ibrahim tão memorável foi sua obsessão por mulheres obesas. Uma vez relatou-se que ele viu as partes femininas de uma vaca — sim, uma vaca de verdade — e ficou tão fixado nelas que enviou seus agentes para encontrar as damas mais gordas da terra, particularmente aquelas que tinham "partes" parecidas. Fique à vontade para sentir vergonha.

Da parte norte do Império Otomano, um agente retornou com uma mulher de cerca de 158 quilos. Aparentemente ela se encaixava no perfil, pois se tornou a concubina favorita do sultão entre as *trezentas* mulheres que ele mantinha em seu harém. Ele ficou tão satisfeito com a mulher que lhe deu um salário, além do cargo de Governadora de Damasco. A melhor parte? Ele a apelidou de *şeker pare*, literalmente traduzido como "pedacinho de açúcar". *Isso* não deve ter deixado um sabor agradável na sua boca.

Fobias específicas

"Eu tenho três fobias que, se fossem silenciadas, fariam minha vida tão leve como um soneto, mas tão maçante como água de fosso: detesto ir para a cama, detesto levantar e detesto estar sozinho."

— Tallulah Bankhead

- **Eisoptrofobia –** Esta não é válida para pessoas vaidosas. Essa fobia consiste no medo excessivo de espelhos ou, mais precisamente, de se ver em um espelho. É comumente atribuída a um evento traumático na vida ou a uma histeria supersticiosa.

- **Aritmofobia –** Todos os meus colegas que odeiam matemática entenderão esta aqui. A aritmofobia refere-se ao medo dos números.

Aqueles que sofrem com essa condição geralmente têm problemas com suas finanças, ao lerem sinais de trânsito ou entenderem sistemas de preços nas lojas.

☞ **Ergasiofobia** – Qualquer pessoa com habilidades avançadas de procrastinação, como eu, vibra com essa fobia. Ergasiofobia é o medo do trabalho. Foi descrito pelo político William Upson, em 1905, como "a arte da preguiça". Alguns a conectaram ao estresse do trabalho a longo prazo, à ansiedade de um bom desempenho e ao medo de falhar.

☞ **Pteronofobia** – Essa palavra estranha significa medo de penas, ou de cócegas com as penas! Se você está pensando em sua estranha etimologia, *pteron* é simplesmente uma palavra grega que corresponde a "penas". Como acontece com a maioria das fobias, pode ser causada por uma experiência de infância, ou simplesmente pelo medo de algo acontecer, ou seja, ficar doente como resultado do desconforto de fazer cócegas.

☞ **Pogonofobia** – "Medo de barba" soa como o nome de um reality show legal que segue a vida de uma gangue de motoqueiros fodões ou de um grupo muito legal de *hipsters*. Porém, de qualquer modo, pogonofobia refere-se ao medo de barba.

Bizarrice é um verbo

"Os professores não devem nos impedir de perceber que a história é divertida e que as coisas mais bizarras realmente acontecem."

— Bertrand Russell

Soltando no ar

Em outras palavras, aqui estão alguns fatos pouco conhecidos, assim como alguns poemas (sim), sobre peidos e afins.

- ☞ Segundo o *Urban Dictionary*, um "peido Mozart" significa "expelir gases de uma forma particularmente afinada". Você ficará bastante chocado ao saber que esse mestre musical, Mozart, tinha certa obsessão pela flatulência e por seu primo, o cocô. Aqui está um poema que ele escreveu em uma carta para a mãe:

  Ontem, porém, ouvimos o rei dos peidos

  Cheirava tão doce como tortas de mel

  Enquanto não era a mais forte das vozes

  Ainda assim, surgia como um barulho poderoso.

Ele compôs a canção "Leck mir den Arsch", que se traduz como "Lick my arse" (literalmente, "lamba meu cuzinho"). E, também, escreveu muitas cartas com trechos lendários. Fique alerta se você se ofende facilmente! Alguns pontos grosseiros incluem: "Agora lhe desejo uma boa-noite, cague na sua cama com todas as suas forças, durma em paz e tente beijar o seu próprio traseiro." Ou, "*Oui*, pelo amor da minha pele, eu cago no seu nariz, e o cocô escorre pelo seu queixo." Poético!

- ☞ O poeta do século XVII *Sir* John Suckling escreveu um poema de amor, dor e flatulência mais ou menos assim:

  O amor é o peido de cada coração:

  Dói em um homem quando ele se mantém por perto,

  E outros se ofendem, quando se solta.

- ☞ Durante muitos anos, Hitler teve gases incontroláveis, muitas vezes chegando a uma dor tão aguda que ele "podia gritar". Alguém diria que ele já estava em situação um tanto desconfortável, mas tenho certeza de que cólicas abdominais e gases constantes não ajudaram em seu estado de espírito. Ele quase se intoxicou com os medicamentos receitados por seus médicos, que variavam de estricnina (veneno) a atropina (bloqueador do sistema nervoso). Acredito que sua aflição tenha sido uma espécie de castigo divino (embora nem perto do que ele merecia), mas alguns afirmam que provavelmente foi causada pela dieta vegetariana que seguia, o que me parece bastante irônico.

☞ Benjamin Franklin escreveu um ensaio chamado "Fart Proudly" ("Peido com orgulho"), para a Academia Real de Bruxelas, encorajando os acadêmicos a encontrar uma maneira de fazer os peidos cheirarem melhor. Afinal, se a comida que comemos afeta o odor dos gases que produzimos, isso não poderia funcionar de maneira oposta com uma vantagem maior? Ele os desafiou a encontrar uma substância ou droga para misturar na comida que "tornasse as descargas naturais de nosso corpo não somente inofensivas, mas de cheiro tão agradável quanto o de perfumes". Ainda, disse que essa descoberta seria de fato útil para a sociedade — insinuando que muitos dos estudos da Academia eram, na verdade, totalmente inúteis. Ele encerra sua carta afirmando que o último artigo que tinha lido não fedia nem cheirava.

☞ Soltar pum como entretenimento tornou-se um passatempo tão popular que precisávamos de um nome para isso. Assim como há comediantes, violinistas e artistas, existem flatulistas. Joseph Pujol foi um flatulista francês do início do século XX, famoso por conseguir controlar a duração e o timbre de suas flatulências para imitar pessoas, animais e melodias. Seu nome artístico era "La Pétomane", que se traduz, *grosso modo*, como "o ânus elástico". Sim, qual a necessidade disso?!

Coreomania: a praga feliz

Também conhecida como dançomania ou "dança de São Vito", a coreomania é uma compulsão dançante que talvez tenha se tornado a mais alegre praga antiga. A propósito, São Vito era o santo padroeiro da dança no Sacro Império Romano. A compulsão por se agitar acometeu multidões de pessoas, de dezenas a milhares, começando já no século VII e continuando até o século XVII. Grandes grupos tomavam as ruas e começavam a dançar erraticamente, cada um à sua maneira, e não conseguiam parar até desmaiar de exaustão. Em Estrasburgo, França, em 1518, relatou-se que quase quatrocentas pessoas dançaram sem parar por mais de um mês, sem uma razão aparente. Houve muitas teorias sobre a motivação dessa compulsão dançante, do fanatismo religioso à doença física, e até mesmo uma espécie de possessão demoníaca. O alquimista e astrônomo suíço Paracelso, no entanto, tinha sua própria opinião sobre o assunto:

> *"Tais doenças não têm nada a ver com as obras dos santos... A causa está em suas veias cômicas, que dominam o seu espírito de maneira tão sutil que as pessoas são levadas a dançar e a se divertir."*

Trabalhando o físico: esportes

A delicada arte do chute na canela

Existe um esporte antigo, popular na Inglaterra e no País de Gales, chamado *shinkicking*, o popular chuta-canela. Ele data do século XVII, mas ainda hoje é praticado! Alguns o descrevem como uma arte marcial inglesa, na qual os dois adversários agarram os ombros um do outro com braços retos e se chutam nas canelas, tentando derrubar o oponente no chão.

Você só pode encher sua calça com palha, nada mais. É como uma versão antiga de "me encontre lá fora, vou dar um soco na sua cara". Só que, em vez disso, é "me encontre no campo", quando você vai levar um chute na canela. Quem conseguir suportar mais dor ganha. Se você já aguentou o suficiente, pode sempre gritar "basta", mas que inglês respeitável se atreveria a admitir a derrota? Melhor de três.

Corrida do queijo: um esporte para quem gosta de gastronomia

Este é um esporte competitivo ao qual dou muito apoio. A corrida do queijo é um esporte local praticado em Gloucestershire, Inglaterra, no qual competidores correm atrás de uma peça de queijo. Ele data de pelo menos 1826, embora muitos nativos acreditem que tenha sido praticado antes disso. O livro *Sports Weird-O-Pedia* observou: "Não se trata de um esporte de equipe, mas de uma perseguição individual." Eu concordo totalmente — a minha obsessão por queijo é uma busca individual que ninguém pode entender.

Para que o jogo aconteça, grandes rodas de queijo são levadas para o topo de um morro íngreme. Os competidores também esperam no topo. Então, a roda de queijo é solta para rolar colina abaixo, ganhando velocidade à medida que os humanos a perseguem. A primeira pessoa a chegar ao fundo do morro ganha. O grande prêmio? Adivinhe só. Rima com beijo.

O grande bebê chorão

Normalmente, o objetivo (fracassado) de pais de primeira viagem é colocar uma meia em seus bebês chorões. Porém, você terá comichões ao saber que todo ano, em Tóquio, é realizado um torneio no qual os pais entram em uma competição para ver qual criança consegue chorar de maneira mais escandalosa. Essa tradição contraintuitiva (e que provavelmente resulta em muita dor de cabeça) decorre da crença de que um bebê que chora crescerá e se tornará feliz, saudável e próspero — ah, e também afastará os demônios. A prática é chamada de Naki Sumo. Existem muitas crenças semelhantes no mundo inteiro, como você verá no capítulo sobre superstições.

O nome Naki Sumo se origina do ditado "*naku ko wa sodatsu*", traduzido, grosseiramente, como "bebês chorões engordam". Como você já deve saber, ter uma forma mais arredondada não é considerado algo ruim em todas as culturas. Já *viu* o Buda? Ele parece muito feliz.

No Festival Naki Sumo Crying, é bebê contra bebê em um ringue de luta de sumô. Todos os participantes devem ter nascido no máximo um ano antes da data da competição. Na chegada, os pais entregam seus recém-nascidos a um aprendiz de lutador de sumô, e os dois se enfrentam contra outro bebê e um aprendiz. Quando a batalha começa, os lutadores aprendizes de sumô seguram os bebês em seus braços e fazem de tudo para assustá-los até chorarem. Eles fazem caretas, colocam máscaras assustadoras e gritam "Chora! Chora! Chora!" diante dos rostos gordinhos. Enquanto isso, um árbitro julga. O que exatamente ele está julgando? O bebê que chora primeiro, por mais tempo e mais alto. O prêmio do vencedor? Uma vida próspera, saudável e esperançosa, é claro!

Nós fizemos disso uma lei?

Todo país tem a sua cota de leis estranhas. Quanto mais antigas, mais estranhas essas leis parecem se tornar. A maior parte delas tem algo interessante a dizer sobre a cultura e a população, mas algumas levam a alguns questionamentos. Muitas vezes me pergunto qual gênio praticou pela primeira vez algo que induziu o governo a dizer: "Bem, o que ele fez não é *tecnicamente* ilegal, então agora vamos torná-lo oficialmente um crime." A seguir, algumas das leis estranhas que existem por aí.

- Em Washington, D.C., você ainda pode ser processado por ser uma "reclamona comum" — com base em uma lei que remonta ao século XIX. A lei inglesa descreve a categoria de "reclamona comum" como "uma mulher problemática e raivosa que, por suas brigas com os vizinhos, acabava com a paz pública, promovendo, valorizando e aumentando a discórdia pública". Em outras palavras? Uma mulher desagradável. Se você quer saber como esse tipo de mulher era punida, continue a leitura.

- Da próxima vez que estiver em Zion, Illinois, certifique-se de não oferecer seu charuto a nenhum animal que queira dar uma baforada. Isso é ilegal. Uma puxada do seu cachimbo ou cigarro está, no entanto, liberada.

- É ilegal causar uma erupção nuclear na Inglaterra. Da mesma forma, na China, é ilegal que indivíduos armazenem mais de mil quilos de explosivos em casa. Quem tentou isso?
- É ilegal os sapos coaxarem depois das onze da noite no Tennessee. Toque de recolher!
- A realeza é sempre a primeira a ser escolhida. Na Inglaterra, está na lei: "Todas as baleias e esturjões [um tipo de peixe, agora protegido] encalhados devem ser primeiro oferecidos ao monarca reinante." Essa lei foi implementada em 1322.
- Engula! Em Goodyear, no Arizona, é "ilegal cuspir em qualquer uma das calçadas ou passarelas públicas da cidade ou em qualquer outro espaço público...".
- Uma lei britânica que integra o *License Act*, de 1872, afirma que é "ilegal estar bêbado em um pub". Sim, esta é fácil de descobrir!
- Em Destin, na Flórida, é ilegal vender sorvete em um cemitério. Ah, e também dirigir sobre as sepulturas. Sem farra no cemitério, ouviu?
- É uma ofensa na Inglaterra e no País de Gales estar bêbado enquanto cuida de um rebanho de gado. Consigo até mesmo visualizar o slogan: "Se beber, não cuide de um rebanho." Aliás, também é ilegal estar bêbado ao cuidar de um cavalo.
- Esta fará você realmente gostar do próximo chiclete que for mascar: em Cingapura, é ilegal vender chiclete. Os vendedores podem enfrentar multas de até cem mil dólares, além da prisão. Também é ilegal mascar um, a menos que você consiga provar que está fazendo isso por razões terapêuticas. Apoio Emocional para os Mascadores de Chiclete.
- Até 1976, no Reino Unido, havia uma lei, parte do *London Hackney Carriage Act*, de 1831, que exigia que todos os carros carregassem pelo menos um fardo de feno. Por quê, você me pergunta? Porque foi originalmente redigida para carros puxados por cavalos. Comer feno era como colocar gasolina.

- ☞ De acordo com a Lei das Ruas Metropolitanas do Reino Unido, de 1867, é ilegal conduzir uma vaca por uma estrada entre as dez e as dezenove horas sem permissão prévia do comissário de polícia.
- ☞ Segundo uma lei de 1839, você está proibido de "apertar a campainha e sair correndo" na Inglaterra. Em outras palavras, "perturbar de modo intencional e deliberadamente qualquer habitante tocando qualquer campainha ou batendo em qualquer porta sem uma desculpa legal".
- ☞ Por falar em perturbação, é ilegal interromper um culto religioso no Mississippi. Se o fizer, você pode precisar arcar com uma multa de até quinhentos dólares, além de pegar seis meses de prisão.
- ☞ A Suíça realmente tem um parafuso a menos... Em sua recente legislatura sobre bem-estar animal, tornou ilegal ter apenas um peixe-dourado de estimação em um aquário. Você *deve* ter dois ou mais. Como os peixes dourados são criaturas sociais, considera-se crueldade animal mantê-los no que é essencialmente um confinamento solitário. A lei também inclui outros animais, como o porquinho-da-índia e os periquitos-comuns. Vaaaaai, Suíça!

Mortes embaraçosas

Abraçando a Lua

O poeta chinês Li Po era conhecido por amar a bebida tanto quanto a palavra escrita. Em uma bela noite no ano 762, ao passear ao redor do Rio Yangtze, ele ficou levemente alterado quando viu o reflexo deslumbrante da lua na superfície da água. Ele decidiu abraçar o reflexo, então caiu na água e se afogou.

Pode ser um *pouco* embaraçoso, mas acho que este é um dos melhores caminhos a seguir. Tão poético. Morrer por abraçar a lua. É especialmente assombroso quando você lê um de seus poemas mais famosos, "Drinking Alone". Segue um trecho:

> Levo minha jarra de vinho entre as flores para beber sozinho, sem amigos.
>
> Levanto meu copo para seduzir a lua.
>
> Isso, e a minha sombra, faz de nós três.
>
> Mas a lua não bebe,
>
> e a minha sombra segue silenciosamente.
>
> Viajarei com a lua e a sombra,
>
> feliz até o final da primavera.
>
> Quando eu canto, a lua dança.
>
> Quando eu danço, a minha sombra também dança.
>
> Compartilhamos as alegrias da vida quando estamos sóbrios.
>
> Bêbado, cada um segue um caminho à parte.
>
> Amigos de sempre, apesar de vagarmos, nos reencontraremos na Via Láctea.

Todos feridos e sem um lugar para ir

Qualquer fã do filme *Um ratinho encrenqueiro* achará esta história especialmente interessante. Paul Thomas era um homem de 47 anos de Connecticut, coproprietário de uma empresa chamada George Thomas & Sons Textile. Em uma tarde, naquele agosto de 1987, enquanto operava um maquinário têxtil com rodas de pino (que transferem fios de lã de uma bobina grande para uma menor), ele caiu acidentalmente dentro do equipamento.

Antes mesmo que alguém percebesse o que tinha acontecido, Paul ficou envolvido em centenas de metros de fio. *Centenas de metros de fio.* O pobre homem acabou sufocando até a morte sob oitocentos metros de fio, tendo sido declarado morto no local.

Se há algo a dizer — além do fato de ter sido uma morte muito incômoda e horrível —, é que aquela era uma máquina do inferno. Era tão mal iluminada que as testemunhas nem conseguiam enxergar Paul debaixo das camadas e camadas de cordel.

Se você ainda não assistiu ao filme *Um ratinho encrenqueiro*, faça isso. Ninguém morre ao se embrulhar em um monte de fios, mas você entenderá a minha recomendação ao vê-lo. Não posso falar por ele, mas acho que Paul realmente se conectaria com a linha do filme.

> *"Você amava os barbantes..."*
>
> — Lars Smuntz, personagem de *Um ratinho encrenqueiro*

Dê uma mão, perca a cabeça

A princesa siamesa Sunandha Kumariratana era a esposa favorita do Rei Rama V. No Sião, os nobres tinham muitas esposas e concubinas, e o marido da princesa tinha 82 filhos. Entre eles, Sunandha tinha acabado de dar à luz uma menina, além de outro filho estar a caminho. Por isso, o seu final trágico é especialmente angustiante.

Em maio de 1880, Sunandha levou sua filha de dois anos e sua comitiva real a uma de suas mansões, o "Palácio de Verão", em Bang Pa-In. Para chegar ao palácio, eles precisaram atravessar o Rio Chao Phraya, o maior do Sião. Já que eram da realeza, Sunandha e a filha foram escoltadas em um barco separado, sozinhas.

Ao cruzarem o rio, seu barco foi tomado por uma corrente forte e acabou tombando, fazendo a princesa e sua filha caírem nas águas agitadas. Elas imploraram por ajuda, mas os guardas e os criados da princesa apenas assistiram, sem fazer nada enquanto as duas se afogavam lentamente. Por que eles não lhes ofereceram socorro? No Sião, era proibido tocar uma mulher da realeza, sob pena de morte. Embora se tratasse de uma lei antiga, era rigorosamente aplicada. Então, eles apenas observaram.

A morte da esposa favorita, da filha jovem e do filho por nascer foi bastante dura para o pobre Rei Rama, que mandou prender o guarda que não deu a ordem para salvá-los. Seu cortejo fúnebre foi um dos mais caros da história do país. Ainda, foi criada uma estátua em homenagem à pobre princesa, colocada nos jardins do Palácio de Verão que ela nunca chegou a alcançar — ainda hoje você pode vê-la lá.

ONDE FICA O SIÃO?

Antes da transição do governo para uma monarquia constitucional em 1932, Sião era o nome do que hoje chamamos Tailândia.

O nome foi mudado ainda mais algumas vezes, mas tornou-se *oficial* em 1949. A mudança se deu em virtude da convulsão política e do desejo do Partido Popular do país de modernizar o Sião (ou seja, ocidentalizá-lo). Eles mudaram sua bandeira, seu hino nacional e até mesmo seu modo de vestir.

O nome "Sião" vem da palavra sânscrita *śyāma*, que significa escuro ou marrom, representando o tom de pele de seu povo.

Já o nome Tailândia tem origem na palavra sânscrita *thai*, que significa "livre", mas que também se refere ao grupo étnico do país. Assim, ela é chamada *tanto* de terra dos livres *quanto* de terra do povo tailandês. Dois coelhos com uma cajadada só!

Problemas com execuções

Não há nada de tranquilo quando falamos de morte, mas a maioria dos finais é geralmente bastante simples. O mesmo vale para as execuções. Em geral, as execuções públicas eram simples e claras. Uma pessoa deve morrer, e o executor faz o trabalho. Corpo: descartado. Multidão: entretida e/ou castigada com a lição aprendida. No entanto, como veremos aqui, às vezes, não foi tão fácil assim!

Ela fez do jeito dela

Hannah Dagoe foi descrita como uma mulher irlandesa "forte e robusta". A parte da força poderia ter sido atribuída à sua condição física, mas eu diria que ela tinha um caráter muito forte, deixando uma impressão marcante em qualquer um.

Em 1763, ela foi condenada por roubo (ela literalmente roubou tudo o que havia no apartamento de uma senhora idosa com quem tinha feito amizade). Ao ser presa, tornou-se "o terror dos companheiros de prisão" e até mesmo "esfaqueou um dos homens que tinham oferecido provas contra ela". O cara sobreviveu, caso você esteja se perguntando a respeito agora.

No caminho para a execução, Hannah "mostrou-se pouco preocupada com seu estado miserável e não prestou atenção às exortações do padre romano que a atendia". Assim que seu carrinho a puxou para a forca, ela conseguiu rapidamente desatar as mãos e se atirou sobre o carrasco despreparado com um soco selvagem. O golpe foi "tão violento que quase o derrubou".

Hannah espancando o pobre carrasco.

Ela começou a gritar com ele, *desafiando-o* a enforcá-la. Então, para se vingar do homem, começou a rasgar as próprias roupas e a jogar os pedaços para a multidão. (Não para fazer um *striptease*, e sim porque o carrasco tinha o direito de ficar com as roupas de suas vítimas como pagamento — ela não daria esse gosto a ele.)

Depois de uma grande confusão, o carrasco finalmente conseguiu colocar a corda no pescoço de Hannah. Assim que ele fez isso, a condenada sacou um lenço, enrolou-o na cabeça e, nua, "antes de o sinal ser dado, jogou-se para fora do carrinho com tanta violência que quebrou o próprio pescoço, morrendo instantaneamente". Ela morreu exatamente como tinha vivido: à sua maneira.

Pole no bloco[3]

Margaret Pole era filha de um duque da Inglaterra cujos irmãos eram dois reis plantagenetas. Sem dúvida, ela descendia de uma longa e nobre linhagem — mas a vida não estava destinada a ser apenas vestidos e fofocas para a pobre Margaret. Quando a Guerra das Rosas irrompeu, e o poder mudou das mãos de sua família para a dos Tudors, o restante da linhagem a que pertencia foi perseguido para o caso de ousar se reintegrar ao governo. Como mulher, Margaret foi poupada, mas a vida não foi de forma alguma fácil para ela. O *fim* de sua vida, ainda menos.

Constantemente, ela era suspeita de traição, e em 1539 Henrique VIII a condenou em definitivo. Na idade madura de 65 anos, ela era praticamente uma centenária naquela época. Quem teria energia para a traição nessa idade? Fico com preguiça só de pensar. Parece trabalho demais.

---

3 Entre os elementos que compunham a guilhotina, estava um bloco de madeira maciça de cerca de 30 kg. Além disso, o título desta seção no original é "Pole on the Block", que brinca com o nome da boy band norte-americana New Kids on the Block. [N. E.]

Margaret foi mantida na famigerada Torre de Londres por dois anos e meio... apenas aguardando a morte chegar. Quando finalmente sua execução foi preparada, ela felizmente foi "privada" de um ato público, embora tenha contado com inúmeras testemunhas. E aquela se tornou uma das execuções mais horríveis e *mal executadas* da história.

O homem do machado, e isso logo se tornou aparente, era completamente inexperiente. Talvez tenha sido até mesmo sua primeira execução. Ele falhou em seu primeiro movimento, cortando o ombro de Margaret. Então, falhou várias outras vezes. Foram necessários onze cortes para o rapaz terminar o trabalho. Na época, descreveram-no como um "jovem desajeitado", que "cortou a cabeça e os ombros dela em pedaços". Um final cruel e sangrento para Margaret Pole.

Tudo por nada, na verdade. Ela sustentou sua inocência até o fim e, em 1886, acabou se tornando uma mártir católica. Na parede de sua cela há um poema atribuído à sua autoria:

> Para os traidores do bloco, devo morrer;
>
> Eu não sou traidora, não, eu não!
>
> Minha fidelidade permanece firme e, assim,
>
> em direção ao bloco não irei!
>
> Nem dê um passo, como você verá;
>
> Cristo na Tua Misericórdia, salva-me!

Eu sou decepado, você é decepado

Certos passos eram exigidos para garantir uma rápida execução na guilhotina, conhecidos por qualquer executor profissional. A cabeça da vítima era acomodada no bloco, prendendo-se seu pescoço com uma cinta de ferro, e o assistente do carrasco puxava seu cabelo para segurar a cabeça no lugar, pronta para a queda da lâmina. O problema é que o francês Monsieur Lacoste, que logo se tornaria o próximo a ser guilhotinado, era tão careca quanto um pneu no final da vida. Então, não havia nada que o assistente pudesse fazer a não ser se agarrar a outra coisa. Ele agarrou as orelhas muito pequenas de Lacoste.

Assim que a lâmina desceu, Lacoste conseguiu se soltar do assistente e afundou os dentes na mão dele. Mas isso não foi o suficiente para evitar o trabalho da guilhotina: a pobre cabeça de Lacoste foi cortada. Contudo, após o fluxo inicial de sangue jorrar, o pobre assistente do carrasco olhou para dentro da cesta e viu seu próprio polegar cortado, preso entre os dentes ainda frágeis de M. Lacoste.

Nós já acreditamos nisso?

SUPERSTIÇÕES

"Não há nada bom ou nada mau, mas o pensamento o faz assim."

— Shakespeare, *Hamlet*, Ato II, Cena II

Mentes supersticiosas

Não existe papel suficiente no mundo para conter todas as superstições que os humanos pensaram ao longo dos séculos. Provavelmente, nem mesmo no século XX. Mesmo que eu tentasse escrever todas elas, haveria tantas variações diferentes — mais conflitantes e de fontes vagas — que você rapidamente atiraria este livro na parede. Perceba, o folclore varia de acordo com a cultura, o século e até mesmo a região geográfica. Certa crença em uma região terá significado completamente diferente em outra, como você logo descobrirá. Simplesmente não se pode apreender todas. E eu não vou tentar fazer isso!

As superstições misteriosas e fascinantes descritas aqui foram escolhidas a partir de um critério fundamental: não são comumente conhecidas. Agora, não me interprete mal: em algum momento *todos* ouvem falar de alguma superstição, "dão de ombros" e seguem a vida. E a maioria não se aprofunda no assunto, só os nerds como eu. Então, mesmo que você esteja familiarizado com uma superstição explorada neste capítulo, talvez — essa é a minha esperança — você aprenda algo novo sobre o assunto. Na pior das hipóteses, encherá seu cérebro com alguma informação nova e legal. E, na melhor delas, você se tornará extremamente supersticioso, nervoso e nunca mais voltará a viver da mesma maneira.

Superstições com sapatos

Para uma pessoa comum, um calçado tem um objetivo simples: ser usado nos pés para servir como proteção contra os elementos modernos que sujam o chão por onde pisamos por aí (chiclete, sujeira, vidro quebrado, Legos e outras coisas que preferimos nem pensar). Não há nada de místico nos sapatos. Nada que sugira um presságio. Nada acontecendo aqui. *Só que não.* E isso tem acontecido por anos.

De acordo com a tradição, os sapatos têm, digamos, sustentado algo especial na sociedade e na cultura. A superstição mais popular relacionada aos sapatos reside no fato de que eles são instrumentos de *sorte*. Particularmente quando os atiramos nas pessoas no momento em que saem, a fim de lhes trazer boa sorte. Está liberado atirar o sapato em um amigo quando ele sai de casa.

A origem geográfica dessa superstição não é completamente conhecida, embora tenha raízes na Escócia, na Ilha de Man, em várias regiões da Escandinávia e em outras partes da Europa. As histórias são repletas de narrativas e literatura sobre essa crença. A seguir estão alguns exemplos — note que todos são do Reino Unido, embora haja muitos mais de outras regiões.

O famoso poeta britânico Alfred Tennyson escreveu em *English Idylls and Other Poems*:

> Por isso buscarás de todas as coisas:
>
> Essência da alegria e do riso,
>
> E para onde tu vás, boa sorte,
>
> Jogues teu velho sapato depois.

O poeta cômico, ator e dramaturgo Ben Johnson escreveu simplesmente:

> Arremesse um sapato em mim,
>
> Ficarei feliz seja lá o que for que eu faça.

Ainda, o escritor inglês John Heywood, mais conhecido pelos poemas e provérbios, escreveu em seu "Luck Song and Dance of the Olde Shooe":

> E em casa novamente daqui a para a frente rápido como uma abelha,
>
> Agora, para ter boa sorte, jogue um sapato velho em mim.

Em todos esses exemplos, o sapato atirado traz boa sorte aos alvos. E há outras fontes afirmando que atirar sapatos especificamente em recém-casados era uma prática comum.

Em *The Table-Book* (1827), do escritor inglês William Hone, um correspondente chamado Morley, de Leeds, escreveu sobre esse costume que acontecia em Yorkshire, de que não se lembrava de ter visto antes, nem conhecer as origens.

"Essa prática é chamada de 'jogar lixo'", escreveu, "o que significa atirar sapatos velhos nos noivos no retorno da igreja no dia do casamento." Ele também observou que era mais comum entre as "classes econômicas mais baixas", atirando-se relva (grama e terra) ou lama no lugar dos sapatos se estes estivessem em falta — e isso geralmente de maneira alegre e brincalhona. Morley foi além: e por que esse costume era chamado de "lixo"? De acordo com suas reflexões:

> "Embora seja verdade que um sapato velho é até hoje chamado 'um lixo', ainda não se trata, certamente, da melhor explicação para o costume. Lixo significava originalmente entupir, onerar ou impedir o progresso de qualquer um. [...] Mas o motivo pelo qual os sapatos velhos em particular foram escolhidos como os mísseis mais próprios para o progresso iminente de recém-casados, agora talvez seja impossível de descobrir."

Na verdade, se seu pensamento estivesse correto, por qual motivo se desejaria impedir o progresso de recém-casados? Talvez nunca saibamos a origem exata disso. É importante notar, porém, que este ritual nem sempre se limitou aos casamentos, já que era também aplicado a alguém prestes a fazer uma longa viagem ou no caso de um navio saindo do porto, a fim de desejar sorte e um retorno seguro.

Charge de 1854 retratando a Rainha Vitória, que atira um sapato velho quando seus soldados partem para a Guerra da Crimeia.

Mas é possível que haja outra explicação quanto ao casamento. Esse ritual poderia ter sido originado de um rito antigo que tratava da transferência de propriedade, já que as mulheres eram consideradas bens em muitos países nos quais se acredita que a prática tenha começado. Há até mesmo uma referência bíblica à prática no Antigo Testamento, em Rute 4:7, em tradução livre:

> Agora este era o costume em tempos passados em Israel, de redimir e trocar para confirmar qualquer coisa: um homem tirava a sandália e a dava ao outro, o que era uma confirmação em Israel.

Expandindo essa teoria, nos casamentos anglo-saxões era prática comum que o pai da noiva entregasse o sapato ao futuro marido dela, que, então, o usaria para tocar a cabeça da jovem a fim de simbolizar sua autoridade sobre a futura esposa. Apesar de que alguns relatos afirmavam se tratar menos de um "toque" e mais de um golpe na cabeça. (Vergonhoso!)

Uma professora especialista em folclore da Universidade de Hertfordshire, na Inglaterra, dra. Ceri Houlbrook, estava fazendo compras às vésperas do casamento quando notou um pacote de confeitos em forma de sapato em uma das gôndolas da loja. O confeito despertou seu interesse e a levou a buscar sua base potencial no folclore. O que ela descobriu foram laços do objeto com a sorte e a autoridade, mas também com a magia. Acreditava-se que ter o sapato de alguém conferia grande poder sobre essa pessoa. "Em 1644", escreveu Houlbrook, "houve um julgamento de bruxaria escocês no qual o suposto feiticeiro Patrick Malcolm foi acusado de tentar adquirir o sapato esquerdo de uma mulher para controlá-la e forçá-la a segui-lo." Não há dúvida: o sapato contém um pesado simbolismo. Não por acaso, ainda é comum nos EUA a prática de amarrar sapatos nos para-choques dos carros de "Recém-Casados" para desejar sorte.

E, já que ainda estamos no tópico de jogar coisas, há outra coisa que se costuma atirar em casamentos, embora muito menos agressiva e mais conhecida: o arroz. Muitos estão familiarizados com a prática de os convidados jogarem um punhado desse grão sobre os recém-casados ao partirem para a lua de mel. Provavelmente isso simboliza prosperidade, pois oferece uma sensação de chuva, sempre vista como uma celebração e um sinal de fertilidade. Contudo, o que é jogado se diferencia em outras culturas. Os romanos antigos atiravam trigo, que, mais tarde, se transformaria em arroz; os casamentos italianos às vezes terminam com o lançamento de doces ou nozes, e, no Marrocos, de passas. De todas as teorias, o fator "prosperidade" é, muito provavelmente, o que une todos os rituais de arremesso de sapatos.

Presságios

Muitos acreditavam que colocar erroneamente o sapato esquerdo no pé direito era um presságio de azar. E alguns ainda acreditam nisso! Também, de acordo com o livro de 1846 *Current Superstitions*, a *ordem* em que você coloca seus sapatos "dá pano pra manga":

Calçar o pé esquerdo antes do pé direito é sinal de infelicidade.

A condição do seu sapato poderia até mesmo prever o seu futuro. Os sapatos são itens muito pessoais, assumindo a essência daqueles que os usam através do tempo. Assim, sapatos velhos conteriam ainda mais de sua essência e, portanto, haveria uma chance maior de mostrar o seu futuro. Aqui está uma antiga rima sobre essa superstição:

Desgaste a biqueira, viva para ver como a vida é verdadeira

Desgaste o cabedal, viva para ser uma noiva literal

Desgaste o solado, viva para ver tudo ao lado

Desgaste a palmilha, poupará um bom negócio na planilha!

Claro que há muitas variações desses versos, de acordo com as áreas, e até mesmo com o passar dos anos. Por exemplo, uma variação na segunda linha seria "Desgaste o cabedal, você será uma noiva rica literal."

Só mais uma coisa sobre sapatos e casamentos que serve direitinho (se esse é o termo certo) nesta seção de desgraça e melancolia.

Quando um casal casado está saindo de carro e nós jogamos sapatos velhos atrás deles para dar sorte, mas um dos pés fica preso no veículo, é sinal de que um dos dois morrerá antes do final do ano. (Waltham, Massachusetts.)

Expressões idiomáticas com sapatos

O sapato está no outro pé

Em inglês se ouve com frequência a expressão "o sapato (ou a bota) está no outro pé", usada quando a situação atual é o oposto do que era, especialmente quando alguém que era fraco passa a ter poder. Há também o começar com o pé esquerdo. Geralmente isso é dito quando as situações se inverteram ou as circunstâncias mudaram. A frase teve origem no século XIX, mas ainda resiste nos tempos modernos — eu a ouvi recentemente quando viajava para a Carolina do Sul. Winston Churchill também a empregou em seu livro de 1908, *My African Journey*, que narra sua viagem de exploração pela África Oriental: "Aqui... a bota está na outra perna, e a civilização se envergonha do que fez na presença de um selvagem." Na época, essa região da África estava apenas começando a mostrar a influência invasora do Ocidente, e as influências culturais "normais" a que ele estava acostumado começaram a parecer completamente estranhas, e até mesmo invasivas, aos seus olhos. Isso demonstra o sentimento de choque que acompanha uma inversão de perspectiva.

Me metí la pata

Em muitas culturas hispano-americanas, frequentemente observadas na minha cidade natal, Miami, outro ditado comum é "*me metí la pata*" ou "*me di la pata*". Isso se traduz, *grosso modo*, como "pus o pé nisso", o que significa — por falta de uma expressão melhor — que eu estraguei tudo de uma maneira bem embaraçosa. Em português seria algo como "pisei na bola". Você pode usar essa expressão se estragou uma festa surpresa ou então se você mora em Miami, já que cada momento por lá é embaraçoso (ou seja, a cada cinco minutos). Claro, a expressão não está necessariamente relacionada a "sapatos", mas vale a pena mencionar, porque... bem... acho que não tenho uma motivação válida. Talvez eu não devesse ter mencionado isso. Oops. *¡Me metí la pata!*

Goody, Goody

Acho que todos nós já chamamos alguém (ou fomos chamados) de "dois bons sapatos" em algum momento da vida, mesmo que apenas secretamente e em pensamento. Significa, em tradução livre, ser muito certinho, muito bonzinho. Se você vive em uma caverna, ou é um alienígena visitando a Terra pela primeira vez e nunca ouviu essa expressão — primeiro, bem-vindo —, ela faz referência a uma pessoa excessivamente esforçada. Alguém que parece tão bom que é quase bom *demais*. Ou, como diz meu irmãozinho, "que se esforça demais". A investigação de sua origem é simples. Em 1765, John Newberry publicou um livro infantil chamado *Goody Two-Shoes*, que popularizou a frase. A história tem semelhanças com a da Cinderela: uma menina órfã, apelidada Goody Two-Shoes, que durante toda a vida tem apenas um sapato e, apesar dos problemas, é boa de coração e solidária.

Então, um dia, um cavalheiro rico lhe dá um par de sapatos novinho em folha, o que a deixa muito alegre. Mais tarde, ela acaba enriquecendo sozinha, provando que o fato de ser "boa" será sempre recompensado.

Coloque-se nos meus sapatos

Há sempre variações de expressões idiomáticas, e esta não é uma exceção. "Coloque-se nos meus sapatos" também é conhecida como "ande um dia no meu sapato" ou "ande um quilômetro com o meu sapato", além de outras, dependendo da situação. Todas significam, ao "pé" da letra, "coloque-se no meu lugar". Pode ser facilmente explicada como enxergar uma situação ou mesmo a própria vida a partir da perspectiva de outra pessoa. Há muito tempo se considera que os sapatos contêm a essência daqueles que os usam. São moldados por nossas experiências, viagens, corpo e o chão que pisamos. Assim, o significado desta expressão é perfeito.

Esperando a queda do sapato alheio

Essa expressão significa que uma situação está indo melhor que o esperado, mas ainda há uma expectativa de que não durará e o destino mudará para pior em breve. Em outras palavras, algo que é bom demais para ser verdade.

Você tem grandes sapatos para preencher

Em um dos meus filmes favoritos, *O Diabo veste Prada*, esta frase é dita pela personagem Emily (interpretada por Emily Blunt) para uma intimidada e novata secretária chamada Andrea (interpretada por Anne Hathaway). Pensei em explicar todos os detalhes do motivo pelo qual Emily disse isso para a nova secretária, mas, em vez disso, simplesmente recomendo assistir ao filme se ainda não o fez! A expressão significa que a pessoa precisa se esforçar muito para se equiparar à sua antecessora.

Se o sapato servir, use-o

Como acontece com os dialetos e a própria língua, o significado dessa expressão idiomática se transformou. Originalmente, o objetivo era ajudar alguém a aceitar críticas. Por exemplo, se meu amigo comenta que sou uma daquelas pessoas ruins ao atender o telefone, minha mãe me diz: "Se o sapato servir, use-o." Em português se diz: "Se a carapuça servir, use-a." Contudo, também pode se referir a uma situação, a uma verdade ou a uma semelhança. Se você odeia fazer contas mas é um gênio da matemática, alguém pode dizer essa frase para você. Se você é um pouco assim ou está destinado a ser. Esta frase provavelmente se originou da história — sim, você adivinhou — da Cinderela! Essa moça ganhou uma nova vida quando o famoso sapato de cristal perdido serviu no seu pé.

Encantos

É impossível acercar completamente o número de encantos que envolvem os sapatos, motivo pelo qual apresentei aqui algumas joias verdadeiras, que vão desde simplesmente calçar seus sapatos de certa maneira até encantamentos e rituais que se assemelham aos da Wicca.

Lance do destino

O sal é considerado um amuleto de boa sorte por muitas culturas no mundo. Há uma superstição segundo a qual, para se livrar de vários tipos de má sorte, você pode pegar uma pitada de sal e jogá-la sobre o ombro esquerdo (jogar sal sobre o ombro direito trará ainda mais azar).

E você não apenas joga sal sobre o ombro, mas também sapatos e ferraduras! E, nos registros históricos que se referem a esse costume, tudo está relacionado à maneira como o objeto pousa. Se você jogou uma ferradura sobre o ombro e ela pousou de certa maneira (de frente para você em forma de U), é o seu dia de sorte. Caso contrário, se a parte traseira se virar para você (como um n minúsculo), é sinônimo de um azar terrível. Nas terras altas escocesas, um costume anual envolvendo sapatos era pensado como profético. No Halloween, era prática comum as pessoas jogarem um sapato sobre suas casas. A direção para onde o calçado apontava quando aterrissava significava o caminho a percorrer a seguir. No entanto, se ele pousasse com a sola voltada para cima... azar, moça.

Afastando o mal

Acreditava-se que os sapatos proporcionavam proteção — não apenas do solo sujo, mas também do mal. Para evitar espíritos malignos, Reginald Scot propôs o seguinte encanto em sua obra *Discovery of Witchcraft*, de 1584: "cuspa no sapato do seu pé direito ao colocá-lo, algo que Vairus diz que é bom e saudável fazer antes de entrar em um lugar perigoso." Esse livro foi concebido como uma exposição de bruxaria e está repleto dos mais fascinantes (aos olhos de hoje) encantos e feitiços — se você tiver a chance, está disponível gratuitamente na internet: procure!

Encantos da noite

Na Inglaterra, colocar seus sapatos em forma de T debaixo da cama antes de dormir era um encanto usado para prever o futuro marido de uma garota. Esperançosamente, as jovens sonhariam com o rosto do homem com quem se casariam na noite em que o fizessem.

Uma vez colocados os sapatos no lugar, antes de deitar na cama, as meninas eram instruídas a dizer:

> Eu coloco meus sapatos na forma de um T,
>
> Confiando que verei meu verdadeiro amor esta noite,
>
> E conhecer como será meu cônjuge.

E esta é outra variação interessante em relação à anterior. Eu realmente adoraria ver alguém dormindo com uma meia na cabeça.

> Aponte seus sapatos para a rua,
>
> Deixe suas ligas nos pés,
>
> Coloque suas meias na cabeça,
>
> Você sonhará com o homem com quem se casará.

Outro encanto noturno semelhante: ao colocar seus sapatos em forma de cruz, V ou T debaixo da cama, os idosos curariam seu reumatismo.

Encantos de amor

Os encantos a seguir são resultado do adorável livro *Current Superstitions,* de Fanny Bergen, que é repleto de encantos, superstições e rituais antigos para o erudito e nerd apaixonado (não eu, juro). É de domínio público, portanto está disponível gratuitamente, e eu encorajo muito a leitura se este assunto lhe interessar. Veja que muitos encantos têm pequenas variações:

> Quando ouvir o chamado da primeira rola-comum, sente-se, retire o sapato e a meia do pé esquerdo, e vire a meia do avesso: se neste calcanhar for encontrado um pelo, ele será da cor do cabelo de seu futuro marido ou esposa. (Tennessee)
>
> Se uma garota colocar um trevo-de-quatro-folhas em seu próprio sapato, ela se casará com a primeira pessoa com quem cruzar uma ponte. (Michigan)
>
> Use um pedaço de trevo-de-quatro-folhas dentro do seu sapato — a primeira pessoa que encontrar será aquela com quem se casará. (New Hampshire; uma variação sobre o anterior)
>
> Se você caminhar com um cavalheiro (pela primeira vez), estiver usando calçados novos e passar por cima de uma ponte, se casará com esse homem. (Leste de Massachusetts)

HISTÓRIAS E LENDAS SOBRE SAPATOS

Cinderela

A amada história de Cinderela e de seu sapato surgiu durante a Idade Média, época na qual também começaram a aparecer muitas das superstições sobre sapatos. Todos nós sabemos o que aconteceu com Cinderela — em uma noite mágica em que uma bela e misteriosa jovem perde o sapato, e, depois, é procurada em todos os lugares pelo príncipe.

Finalmente, ao ser descoberta, a jovem pode unir-se com seu verdadeiro amor.

O mágico de Oz

O nome dela é sinônimo daqueles sapatos vermelhos deslumbrantes e cintilantes: Dorothy. Quando ela bateu seus calcanhares juntos três vezes, conseguiu voltar para casa. Agora, sempre que alguém usa sapatos vermelhos ou brilhantes, não se pode deixar de pensar nessa personagem.

Os três reis magos

A maioria dos cristãos, católicos romanos e latino-americanos conhece esse ritual, embora outras culturas e credos também possam estar familiarizados. No Dia dos Reis Magos, também chamado de Epifania do Senhor, as crianças deixam seus sapatos do lado de fora na porta da frente da casa na esperança de que os Reis Magos coloquem presentes neles. Isso de fato acontece no décimo segundo dia depois do Natal.

"Havia uma mulher velha que morava em um sapato"

Podemos dizer que essa clássica canção infantil é simplesmente sobre uma senhora que vivia em um sapato com muitas crianças. Porém, como estamos falando de folclore, alguns acreditam que sua história simboliza a fecundidade, por causa da antiga ligação entre fertilidade e sapatos.

Outros usos do sapato – atenção!

Como muitas superstições, houve muitos desdobramentos, ao longo dos séculos, daquelas relacionadas a sapatos, chegando de maneira diferente a várias culturas. Normalmente, há um *modus operandi* de traçar uma origem, como já discutimos. Embora, às vezes, os sapatos tenham surgido na sociedade por razões alheias àquelas sobre as quais falamos.

Se você fizer uma busca, verá que o ato de jogar sapatos também tem sido praticado simplesmente para enviar uma mensagem — como deixar claros os seus sentimentos sobre alguém. Mas não se trata tanto de superstição, já que provavelmente os sapatos são pesados e volumosos e imploram para ser jogados no calor da raiva. No ano 359, o Imperador Romano Constâncio II estava fazendo um discurso para um grupo de limigantes, tentando ganhar sua lealdade, quando alguém na multidão lhe atirou um sapato, gritando "*marha*, *marha*" — traduzido literalmente como "cabeça-dura" (ou seja, pessoa estúpida).

Nos tempos modernos, o arremesso de sapatos também tem sido usado para fazer esse tipo de protesto. Houve inúmeros incidentes ao longo dos anos e ao redor do mundo, como Austrália, Índia, Taiwan, EUA, Reino Unido, Hong Kong, Paquistão, entre outros, nos quais foram registrados incidentes com o lançamento de sapatos. Eles têm sido jogados contra criminosos, funcionários públicos e, *especialmente*, políticos. Dependendo de onde você vive, esse pode ser o único lançamento de sapatos que presenciará nos dias atuais.

A jornada do sapato

Recapitulando, os sapatos apresentam uma história exótica e variada. Eles têm sido ligados à sorte, à fertilidade e à prosperidade, tornando-se simbólicos como uma extensão de nós mesmos. O folclore, o misticismo e o ritual que envolvem os sapatos são ricos. Eles foram usados em casamentos, atirados aos noivos para desejar boa sorte e fertilidade; também, na modernidade, são atados aos para-choques dos carros que seguem para a lua de mel. Eram empregados para encantar e contar a sorte. E, atualmente, são atirados sobre as pessoas em protesto ou na hora da raiva. Há toneladas de histórias, canções infantis, expressões idiomáticas e folclore que envolvem os sapatos — e, agora que seu cérebro está cheio dessas informações, você começará a perceber muitos mais!

Para fazer outra "piada de tiozão" ruim e sem sentido: fincamos o pé na história supersticiosa dos sapatos. Espero que tenha gostado da caminhada! Agora parei.

O QUE VOCÊ SABE SOBRE SUPERSTIÇÕES?

- Dá azar cortar as unhas em uma sexta-feira. (Pigeon Cove, Massachusetts)
- Se você cortar as unhas em um domingo, fará algo vergonhoso antes que a semana acabe. (Maine)
- Olhar por cima do ombro de outra pessoa no espelho significa desapontamento. (Deer Isle, Maine)
- Se você secar a ponta extrema da língua de um bezerro e carregar o pano no bolso, sempre terá algum dinheiro na sua bolsa.
- Entrar em uma casa com o pé esquerdo primeiro trará má sorte para quem mora no lugar.

Burn, Baby, Burn[4]

Algumas superstições estão tão profundamente arraigadas em nossas vidas que nem sequer as olhamos com maior atenção, quanto mais

4 Aqui, faz-se referência à canção "Disco Inferno", de 1976, do grupo The Trammps, cujo refrão "Burn, baby, burn", algo como "Queime, amor, queime" (no sentido de se contagiar pela música), fez grande sucesso mundo afora. Em inglês, "dente de leite" é "baby tooth", o que explica, somado à explicação da superstição apresentada na seção, o título do tópico. [N. E.]

considerá-las "superstições". Elas simplesmente *são* desse jeito. É o caso das superstições sobre dentes de leite.

Nas culturas ocidentais, quando um dente de uma criança pequena cai, esse é considerado um momento emocionante em sua vida — significa que está crescendo. Então, a criança é aconselhada a colocar o dente debaixo do travesseiro ou em sua mesinha de cabeceira. Quando ela estiver dormindo, a "fada do dente" virá e levará o dente embora. Às vezes a "fada do dente" até mesmo deixa um presente em troca! Geralmente dinheiro, doces ou algum presente pequeno. Se estamos sendo honestos aqui... Admito que já cheguei a arrancar um dente solto antes que estivesse pronto só pelo dinheiro. Não me julgue.

Se essa prática da fada do dente lhe é familiar, você provavelmente já a tomou como certa durante toda a vida. Eu não o culpo — e também não me culpo!

Uma origem provável dessa prática é que ela foi feita para *apaziguar* o reino das fadas. O folclore está cheio de histórias de pais que temiam que seus filhos fossem roubados por *trolls* ou fadas. Para apaziguá-los, e proteger suas crianças, os pais deixavam um dente como oferenda enquanto as crianças dormiam.

Esse costume, que remonta ao século XIII, está descrito em duas obras literárias medievais islandesas conhecidas coletivamente como *Edda*, as quais, provavelmente, se originaram ainda antes disso, durante a era Viking. *Edda* foram os primeiros registros escritos de tradições nórdicas e do norte da Europa. Chamado de *tand-fé* ou "tooth fee" ("taxa do dente"), o costume dizia que uma criança deve ser paga ao perder seu primeiro dente. Curiosamente, os guerreiros nórdicos também pagavam pelos dentes das crianças quando iam para a batalha, já que os dentes de leite eram considerados talismãs.

A FADA DO DENTE AO REDOR DO MUNDO

Nas culturas espanhola e hispânica modernas, a fada do dente é chamada de "pequeno rato" ou "rato" (porque geralmente não se consegue enxergá-la e ela é culpada pelo desaparecimento das coisas, como queijo). Seu nome comum é "*Ratoncito Pérez*" (traduzido como "Ratinho Pérez") ou mesmo "*el Ratón de los Dientes*" ("o rato dos dentes"). Esse pequenino tem até o seu próprio museu em Madrid, na Espanha.

A França também tem um ratinho no lugar de uma fada do dente. Nesse país encantador, ele é chamado de "*La Bonne Petite Souris*", algo como "o bom ratinho". Se está procurando algo para ler para seus filhos ou sobrinhos, há um conto de fadas curto, escrito por Madame d'Aulnoy, de mesmo nome, além de uma peça de teatro infantil em três partes, simplesmente intitulada *A Fada do Dente*, de Esther Watkins Arnold.

Ainda, eu seria idiota se não mencionasse os filmes de comédia *A Fada do Dente* e *A Fada do Dente 2*, estrelados, respectivamente, por Dwayne "a rocha" Johnson e Larry the Cable Guy. Definitivamente não para propósito de pesquisa, mas para dar muita risada.

A fada do dente não visita de fato a África do Sul (tarifa de avião, não!), mas as crianças colocam seus dentes dentro dos chinelos nessa parte do mundo.

Ah, e não nos esqueçamos que no dia 22 de agosto se comemora o Dia Nacional da Fada do Dente nos EUA! O que eu recomendo fazer nesse dia? Ir ao dentista.

Dente salgado

Durante a Idade Média, novas superstições começaram a surgir envolvendo os dentes de leite. No norte da Grã-Bretanha, era comum queimá-los depois de polvilhá-los com sal, com o objetivo de protegê-los para a criança na vida após a morte. As pessoas pensavam que, se seus dentes não fossem destruídos na Terra, passariam uma eternidade no além à procura de seus donos. Um homem de Lancashire lembra-se de ter escutado quando ainda garoto que a consequência de não queimar um dente de leite era "procurá-lo em um balde de sangue, no inferno, depois da morte". Bastante cruel, não acha?

Uma garota de Tunstall, Staffordshire, na Inglaterra, escreveu: "Falo para todo mundo que não sou supersticiosa, o que também afirmo a mim mesma, mas às vezes me pergunto: se um dos meus dentes caísse, eu não pensaria em queimá-lo sem antes enchê-lo de sal?!" É interessante notar que ela só considerava supersticiosa a parte do sal! Queimar os dentes, tudo bem.

Mas por que sal? Bem, ele era amplamente utilizado como conservante de alimentos, além de ser considerado um elemento poderoso e protetor. É justo admitir que o sal preservava o dente até a morte da pessoa, proporcionando uma proteção melhor que a do dente por si só.

Se você não queimasse os dentes, outra opção era mantê-los seguros em um pote. As pessoas acreditavam que, ao chegar ao céu, você precisava prestar contas de todos os seus dentes perdidos e (se aplicável) de quaisquer membros amputados. É por isso que muitas pessoas eram enterradas com seu pote de dentes. Em Derbyshire, uma mulher chamada Abby lembrou-se de sua avó dizendo em funerais: "Os dentes dele estão no caixão?" ou "Não o enterre sem os dentes." Caso você tivesse um membro amputado, porém — não havia necessidade de mantê-lo guardado de forma assustadora em algum lugar —, ele era simplesmente enterrado.

Outra razão que levou a essa prática era a proteção contra bruxarias. Trata-se de uma crença comum: se alguém tem alguma parte sua — dente, unha, cabelo, *sapato* etc. —, esse alguém tem poder sobre você. Essa crença não é tão refinada quanto pode parecer; muitos feitiços e rituais da Wicca listam esses materiais em seus ingredientes.

Mais um método delicioso para se livrar dos dentes era servi-los como alimento para animais como roedores. Acreditava-se que os dentes permanentes recém-criados tomariam a forma do animal que comesse os dentes de leite. Por quê, você me pergunta? Os pais esperavam que os dentes permanentes de seus filhos crescessem fortes e afiados!

Finalmente, no País de Gales e até mesmo em alguns países do Oriente Médio, há a prática de *jogar* o dente. Alguns dizem sobre o ombro, outros no sol, outros no chão, em cima de um telhado — e a lista continua. Mais uma vez, isso pede uma explicação. Como tantas tradições, provavelmente está enraizada no paganismo antigo de fazer oferendas.

◆

A maioria das superstições surge por razões misteriosas, mas acredito que muita coisa nasça simplesmente para nos confortar. O desconhecido é assustador. Além disso... mudanças, infortúnios, mistérios — tudo isso nos deixa nervosos. É mais fácil agir para nos proteger ou ter algo para culpar pelos infortúnios.

Na verdade, essa questão pode explicar este livro por completo. Ouso dizer que a própria natureza humana. Invenções, tratamentos médicos, superstições etc., todos têm o propósito de contemplar nossas necessidades. Uma promessa de que tudo ficará bem.

Perder os dentes é algo doloroso e confuso se você é uma criança. Com certeza foi para mim. Adultos dando às crianças algo mágico e empolgante para esperar... bem, quem pode culpá-los?

You *Can* Touch This[5]

Já se foram os dias em que os monarcas eram considerados deuses, mas a história faz uma crônica detalhada desses tempos encantadores para que possamos sorrir novamente. Uma superstição comum de cura que existia na época em que os governantes eram considerados divinos era chamada de "toque real", ou "toque do rei".

Nesse ritual, realizado principalmente pelos franceses e ingleses, os monarcas "tocavam seus súditos, independentemente da condição social a que pertencessem, com a intenção de curá-los de várias doenças". Tal-

5 Uma brincadeira com a música "U Can't Touch This", de 1990, do MC Hammer, um grande sucesso mundial. No título do tópico, "você *pode* tocar nisso", ao contrário do que prediz a canção ("você *não pode* tocar nisso"). [N. E.]

vez possamos imaginar, ao estilo Disney, sujeitos sofrendo ao redor do castelo com gemidos, tosse e dores — todos esperando pelo toque de um rei ou uma rainha (só que não do tipo dos desenhos animados).

Parte comum dessa prática consistia na entrega de uma medalha de ouro com uma gravura religiosa. O monarca a colocava ao redor do pescoço do súdito e lhe mandava usá-la constantemente, para que o tratamento funcionasse de modo correto. Porém, como era de esperar, muitas pessoas que buscavam o toque real não acreditavam necessariamente nele; só queriam o ouro para penhorá-lo. Talvez essa tenha sido a razão de sua longa popularidade? Meu palpite é de que a pessoa doente o trocava para comprar remédios de verdade (embora esperemos que não seja do tipo do capítulo de atendimento médico deste livro!). Quem você acha que era mais malandro? O monarca, pela vaidade, ou aqueles súditos astutos?

O Rei Henrique II da França, lembrado por ser um monarca ambicioso, é retratado "curando" um jovem.

Governantes desde a "sanguinária" Maria I da Inglaterra até Carlos II da França são conhecidos por terem realizado esse ritual de "imposição das mãos". Muitas vezes, isso era usado como uma ferramenta para estabelecer a legitimidade de um governante caso seu trono não estivesse completamente seguro.

Se você é um amante da literatura como eu, terá comichões ao ver que Shakespeare descreveu essa mesma tradição no Ato IV de *Macbeth*:

> Chamam-lhe o mal do Rei. Na minha estada
>
> Aqui, presenciei curas milagrosas
>
> Do santo homem. Como ele solicita
>
> Os Céus, só ele o sabe. Vi infelizes
>
> Em chagas, tumefactos, desespero
>
> Da Medicina, súbito curados.
>
> Cura-os rezando e pondo aos seus pescoços
>
> Uma medalha de ouro. Ao que se conta,
>
> Me transmitirá aos reis seus sucessores
>
> O poder de curar. Mas a essa estranha,
>
> Milagrosa virtude junta ainda
>
> Em si o divino dom da profecia.
>
> Cobrem-lhe o trono bênçãos, que o proclamam.
>
> Cheio de graça.

Ao fim e ao cabo (*cof*, quero dizer, finalmente), esta prática começou a declinar no início do século XVII, deixando de existir até o final do século. O poeta e médico popular *Sir* Richard Blackmore chegou a elogiar os Reis Guilherme III e George I por abandonarem essa "cerimônia supersticiosa e insignificante", que ele acreditava firmemente se tratar de uma trama "papista".

E, já que ainda estamos nesse assunto, sim, de fato ainda é uma prática comum no mundo espiritual e religioso. A "imposição de mãos" é realizada em todo o mundo por líderes espirituais. No entanto, ainda não ouvi nada sobre as moedas de ouro que vêm com esse negócio.

O Rei Carlos I da Inglaterra tocando um jovem escrofuloso (ou seja, tuberculoso).

FATOS RÁPIDOS

- Segundo a lenda, Santo Eduardo, o Confessor (1042-1066), um dos últimos reis anglo-saxões da Inglaterra, foi o primeiro monarca a exercer o poder curativo do "toque real".
- O "toque real" era normalmente realizado em dias santos para ter uma chance maior de sucesso.
- Carlos II da Inglaterra tem o maior recorde de toques: foram mais de 9.200 pessoas (o Guinness sabe disso?!).
- As mãos do governante eram normalmente ungidas com óleo abençoado, que se acreditava lhes dar o poder.
- Essa cerimônia foi oficialmente retirada do Livro de Oração Comum em 1732.

A maldição das bananas

Enquanto ainda estamos falando de superstições contagiosas, este parece ser um bom momento para abordar uma amplamente compartilhada entre marinheiros, capitães, pescadores e pessoas que vivem do mar: a maldição da banana. Por mais que isso soe como o nome de um episódio de *Dora, a Aventureira*, o medo em torno dessa superstição começou há muito tempo, persistindo ainda hoje.

Sua essência é: ter bananas a bordo do navio dá azar. Sorte fatal, até mesmo. Seja um grande navio de carga, um bote ou um barco de pesca — nenhuma embarcação está imune —, esta fruta tropical é proibida e você pode facilmente ser jogado ao mar se for pego com uma.

A origem da superstição remete ao início do século XVII, no auge do comércio entre o império espanhol e o Caribe. Se você esteve perto de uma doca ou de um barco de pesca recentemente, saberá que essa superstição não se extinguiu de modo algum. Há muitas causas possíveis por trás disso que acabaram por cimentar as mentes dos marinheiros, apesar do tempo. Vamos descascar uma de cada vez.

O caso dos navios desaparecidos

No auge da expansão comercial, muitos navios desapareceram. É compreensível. Com tantos riscos de segurança a considerar, como mau tempo, pirataria, encalhe e flutuação à deriva, não raro algumas embarcações nunca mais eram vistas depois de saírem do porto.

Por sorte (ou pela falta dela), muitos dos navios que desapareceram durante esse tempo estavam carregando uma carga que por acaso incluía... *bananas*. E, assim como dois e dois é igual a quatro, a fruta tropical foi ligada ao infortúnio. Embora seja interessante notar que fontes não nomeiam especificamente nenhuma das embarcações perdidas responsáveis por essa crença, levando-nos a concluir que o fator "navio desaparecido" é mais um rumor do que de fato uma motivação.

O BANDIDO DE NAUFRÁGIO

Só por diversão, vamos explorar alguns dos mais conhecidos casos de desaparecimentos e afundamentos de navios ao longo dos anos. Como a lista é longa, vou apresentar apenas alguns. Mais uma vez, embora a história não mostre especificamente que cada um deles estava carregando a bordo a fruta amarela proibida, acho que todos os sinais apontam definitivamente para a banana. Obviamente.

- Um desaparecimento que foi considerado "o maior mistério marítimo de todos os tempos" envolve o navio inglês Mary Celeste. Só que esse "desaparecimento", que ocorreu em 1872, é único entre os mesmos do gênero porque o navio em si não desapareceu — apenas as pessoas que estavam a bordo. O Mary Celeste foi descoberto como um navio fantasma ao largo da costa dos Açores, uma região autônoma de Portugal, com o equivalente a mais de seis meses de alimentos e cargas praticamente intocadas. Além disso, não havia sinais de ter sido atacado ou de ter acontecido uma brincadeira — todos os objetos de valor e bens pessoais estavam nos mesmos locais em que os seus proprietários os tinham deixado. Era quase como se seus corpos tivessem sido afastados por forças espirituais. A única coisa remotamente fora do lugar residia no fato de que o barco salva-vidas estava desaparecido. Isso nos leva a pensar que a única conclusão razoável para o desaparecimento é que, por algum imprevisto, a tripulação e os passageiros precisaram abandonar o navio. Um navio perfeitamente bom, com tudo em ordem. Talvez eles simplesmente tenham sido... bananas. (Desculpe, tive que fazer a piada só mais uma vez!)

- O USS Wasp era um corsário de 117 pés cuja principal missão consistia em afundar navios britânicos durante a Guerra de 1812. Faltando apenas um ano para terminar a guerra, em 1814, um navio sueco entrou em contato com o USS Wasp quando este rumava em direção ao Caribe. Os tripulantes mal sabiam que seus olhos seriam os últimos a ver o USS Wasp. Nem o navio nem a tripulação de 173 pessoas foram vistos novamente. Sendo as bananas uma fruta tropical (e o Caribe um local tropical), a menos que o Triângulo das Bermudas fosse o culpado pelo desaparecimento, não foi tão difícil os marinheiros supersticiosos atribuírem aquelas mortes às bananas, certo?

O USS Wasp naquilo que fazia de melhor.

- Faz mais de duzentos anos, mas a escuna Patriot gera interesse e debate até hoje. Em 1812, o navio do Norte havia acabado de completar uma viagem de corsário nos trópicos, com rumores de que existia uma recompensa a bordo. Na linguagem dos piratas: muito dinheiro no porão! Será que eles também estavam carregando uma fruta nativa dos trópicos em forma de sorriso? Bem, a caminho do Norte, ao largo da costa da Carolina do Norte, o navio e a tripulação desapareceram sem deixar vestígios. Anos de debates e especulações sobre a causa não nos levaram a uma resposta definitiva. Alguns dizem que a embarcação foi vítima do pirata Dominique You (também conhecido como "The Bloody Babe") ou que foi atacada por assaltantes chamados de "banqueiros" da Carolina. De qualquer maneira, que azar. Poderia ter sido causado pela maldição da banana, se essa fruta realmente estivesse a bordo? Como afirma a sabedoria popular: o mundo talvez nunca chegue a saber.

- Por último, mas não menos importante, o naufrágio do Titanic é outro infortúnio que podemos atribuir à figura da banana. Sim, você está lendo certo. Embora, é claro, haja o pequeno fator do iceberg a considerar, esse famoso navio carregava uma carga de pelo menos mil bananas a bordo no momento em que afundou. Mais de mil bananas. Imprudente, para dizer o mínimo.

Mortes rápidas por aranha

Você já jogou fora alimentos como cascas de laranja e de banana ou caroços de maçã e encontrou sua lixeira cheia de moscas? Se você mora em qualquer lugar de clima quente, provavelmente já vivenciou essa cena muitas vezes. As frutas atraem insetos, cobras venenosas, vermes e outras criaturas. Essa é a consequência de serem tão doces e deliciosas.

Tendo isso em mente, imagine caixas sobre caixas de frutas em um espaço lotado, com pouca ventilação, e precisar ficar confinado a ele por dias, se não um mês ou mais. As criaturas que encontrariam seu caminho até a fruta muito provavelmente também encontrariam seu caminho até você. Sobretudo aranhas.

Sim, os insetos mais atraídos pelas bananas são as aranhas, cuja picada, muitas vezes, era (e é) letal. Depois de pegar carona nos porões com bananas, elas acabavam encontrando o caminho de saída para o navio. Não há muito espaço para vaguear livremente em um navio. E muitos marinheiros acabavam dividindo espaço com esses náufragos malvados, sendo picados por aranhas ou cobras mortíferas e morrendo de maneira rápida e dolorosa. De todas as causas possíveis para essa superstição, como uma pessoa muito medrosa, sou mais a favor desta.

Muito lixo no porão

Há quatro caminhos que podemos seguir ao culpar os porões de carga pesados e sobrecarregados como causa do afundamento de navios e da desgraça geral das bananas. Primeiro, para aumentar o lucro, muitas vezes os cargueiros ficavam lotados ao máximo. Assim, se houvesse algum incidente no mar, a possibilidade e a velocidade de afundamento seriam maiores, sem tempo para pedir ajuda. Então, se outro navio encontrasse os restos... você pode imaginar os pensamentos da tripulação quando tudo o que restava no navio naufragado era um rastro de bananas flutuantes.

Semelhantemente ao peso da carga, a velocidade era um problema. Para que seus produtos chegassem aos compradores sem estragar, os navios precisavam viajar muito rápido. Mais rápido do que provavelmente era seguro, considerando o quanto carregavam a bordo. Viagens apressadas podem ter levado a erros apressados, danificando as embarcações. Todos sabemos o que aconteceu com o Titanic quando ele atingiu uma velocidade insegura para chegar ao seu destino.

Depois, se você já colocou uma banana em um saco de papel para amadurecer, bem, enfiá-la em pequenos espaços de madeira resulta mais ou menos no mesmo efeito. Porém, o importante é notar que, quando as bananas se decompõem, liberam metano e outras toxinas no ar, o que pode criar um ambiente contaminado caso não haja ventilação adequada — em casos extremos, pode causar asfixia. Bananas más. Bananas *más*.

Quarto, e finalmente: se um navio está viajando rápido, dificulta-se o trabalho dos pescadores, não é mesmo? E, quando isso acontece, seja no século XVIII, seja ontem, sempre atribuímos ao *azar*. Não é muito difícil fazer uma ligação frutífera, certo?

Mitologia havaiana

Em seguida, saímos do reino das adivinhações baseadas em evidências e entramos em outro: um com menos razão e mais misticismo. A mitologia havaiana tem algo a dizer sobre as bananas. Contudo, em dois planos distintos: um de azar e outro simplesmente de lembrete.

Para o primeiro, como escreve o Capitão Joe Wenegenofsky no artigo "The Forbidden Fruit", que trata sobre esse mesmo assunto:

> "De acordo com antigos habitantes das ilhas, as bananas eram consideradas frutos dos deuses e encaradas com sensibilidade.

> Portanto, um pescador que tentasse capturar peixes com bananas no barco seria considerado cobiçoso. Tal ato de marcada ganância não mereceria nenhuma bênção dos deuses e, muito provavelmente, deixaria o pescador sem peixe."

No entanto, tem-se dito que, quando os pescadores havaianos levavam seus barcos para longas viagens de pesca, eles amarravam bananas nas laterais, para comer e se sustentar durante a viagem. Quando as bananas começavam a amadurecer demais e escureciam muito, tratava-se de um lembrete de que os pescadores tinham ficado longe de casa por muito tempo, devendo retornar. Isso pode ser interpretado como azar, pois sinaliza o fim de uma viagem, mas também boa sorte, já que se está voltando para casa.

◆

Nós abordamos as principais razões para esta superstição imortal. (Há muitas outras, tenho certeza, cada uma diferente dependendo de para quem você perguntar.) Então, veremos como ela evoluiu e o que as pessoas têm dito a seu respeito.

Como afirma o Capitão Joe Wenegenofsky, essa maldição é "a mais conhecida e amplamente disputada" de todas as superstições relacionadas ao mar (e olha que há muita coisa nesse tópico!).

Evoluiu em nossa era moderna para se aplicar principalmente à pesca. Se você fizer uma rápida pesquisa online, verá inúmeras pessoas lamentando sobre sua má sorte na pesca — antes de encontrar alguém que tenha levado distraidamente uma banana a bordo, descartado a fruta (e, às vezes, também o culpado) e, *então*, pescado muitos peixes. Ou encontrará fotos de pessoas com muito senso de humor carregando cachos sobre cachos de bananas a bordo para dar *boa* sorte. A superstição certamente está viva de uma forma ou de outra.

De acordo com Wenegenofsky, em seu tempo como capitão ele viu alguns crentes chegarem ao ponto de proibir *qualquer coisa* remotamente relacionada à *palavra com b* em suas embarcações. Isso inclui protetor solar Banana Boat, roupas da Banana Republic, *muffins* de banana — caramba! Muitas vezes ele observou "casos em que bananas foram arrancadas à força da mão de um pescador ou de um isopor e atiradas ao mar".

O *New York Times* citou outro capitão, chamado Rick Etzel, de Montauk, que disse sobre essa questão: "as pessoas levam a coisa da banana muito a sério. Alguns anos atrás, um cara de um dos meus fretamentos apareceu vestindo uma camiseta da Banana Republic. Outro cara do grupo foi até ele com uma faca e cortou a parte em que havia o logotipo".

Também é comum ver placas antibanana ao longo das docas, em camisetas e até mesmo em contratos para tripulantes, pescadores, capitães etc. Alguns contratos exigem que os funcionários afirmem que *nunca* levariam uma dessas frutas a bordo.

Agora, se você acha que as fazendas e hortifrútis entendem esse medo e renunciam a enviar suas bananas, está enganado, meu amigo. Mas tenha em mente os avanços da tecnologia de *refrigeração*.

Esta é a origem e a evolução da maldição da banana. Agora, quero perguntar apenas uma coisa. Você vai olhar para uma banana da mesma maneira novamente?

O poder das flores

As flores são lindas. São delicadas, exóticas e alguns mesmo diriam eróticas. Não é nenhum mistério o fato de estarem intimamente ligadas à reprodução humana. Uma das flores mais populares quanto a essa superstição é a orquídea. Seu nome, por exemplo, tem origem na palavra grega para testículos: *orkhis*. Isso se deve à sua aparência, embora os órgãos sexuais de ambos os sexos tenham sido representados simbolicamente por essa flor. (Já que estamos nesse assunto, muitos objetos naturais recebem seus nomes simplesmente por causa de semelhanças físicas, razão pela qual "abacate" também é a palavra asteca para "testículo".) Juro, esta é a última vez que escreverei testículo. *Testículo.*

De qualquer maneira, os antigos gregos acreditavam que uma flor de orquídea poderia influenciar o gênero dos futuros filhos se um dos pais expectantes comesse parte dela. Se você não está familiarizado com a planta, algumas orquídeas têm tubérculos na raiz. Os antigos gregos acreditavam que, se o parceiro masculino comesse o maior tubérculo, seu filho seria um menino. Se os pais quisessem uma menina, a mulher comeria o menor tubérculo.

Vamos deixar o sexismo de lado e olhar mais a fundo o porquê de essa superstição existir. Primeiro, a orquídea cativou nossa imaginação por séculos. Trata-se de uma das flores mais populares do mundo. Ao longo da história, ela tem sido usada para a alimentação, a medicina, a decoração e como afrodisíaco.

E a flor em si desenvolveu estratégias para garantir a polinização. Tem uma família grande e diversificada, com mais de cem mil híbridos! Praticamente uma máquina de reprodução. Por essa mesma razão, eu a chamaria de mascote floral para a fertilidade.

O médico grego Dioscórides, do século I d.C., teorizou em sua *Materia Medica* que as orquídeas influenciavam a sexualidade. Sem surpresas, elas têm sido um presente popular para casais novos e pais de primeira viagem há gerações. Vamos ser diretos aqui: se você olhar ao redor da casa de alguém com mais de trinta anos (solteiro ou não), provavelmente verá uma orquídea em algum lugar. Talvez três. Quem sabe por quê? O povo da China antiga e do Japão acreditava que essa flor era o símbolo da beleza humana e da perfeição. Confúcio comparou seu perfume com as delícias da amizade. Além disso, durante décadas foi uma flor muito cara e procurada, pois só crescia em locais tropicais.

Talvez por esses motivos a orquídea tenha se tornado um símbolo de *status*, quase um talismã para a prosperidade. Em todo o caso, essa flor tem muitos atributos positivos. Seu simbolismo tem permeado culturas ao redor do mundo, e ainda mantém um *status* elevado — *parece* bastante elegante, você deve admitir. Se você tem a intenção de ser puxado para um buraco negro profundo, pesquisar superstições sobre reprodução e gravidez lhe levará até lá. A bela orquídea é apenas uma pétala entre elas!

Três é uma maldição

Números da sorte. O que lhe passou pela cabeça quando leu isso? Cinco? Vinte e três? Dezessete? Todo mundo tem um número da sorte.

Admito: o meu é 15. Mas e... os números *de azar*? A cultura e o folclore estão cheios de superstições sobre eles.

A que eu acho mais interessante é "a regra do três". Durante séculos, considerou-se uma sorte terrível ter três velas acesas em um palco de teatro ou em um camarim. Se houvesse uma, quem estivesse mais próximo da vela mais curta seria o primeiro a morrer ou o primeiro a se casar (só para mencionar algumas opções).

Há algumas origens possíveis para a superstição das velas. Primeiro, o excesso de velas acesas aumentava o risco de incêndio, e, como a maioria dos teatros era feita de madeira, isso significava a perda do sustento do elenco se o lugar pegasse fogo. Além disso, existia um costume cristão primitivo de permitir que apenas clérigos acendessem três velas. Isso está ligado à representação da trindade do Pai, do Filho e do Espírito Santo. O fato de uma pessoa não ordenada fazer isso poderia ser visto como um sacrilégio. Porém, com a invenção da eletricidade, o uso das velas derreteu, fazendo a superstição cintilar e se apagar. (Sim, me desafiei a ver quantos trocadilhos conseguiria encaixar em uma frase.)

Mesmo assim, também tem sido visto como azar acender três cigarros com um fósforo. Isso teve origem na época em que os britânicos lutaram na Guerra dos Bôeres. Quando os soldados nas trincheiras queimavam um fósforo por tempo suficiente para acender três cigarros, poderiam ser vistos pelas forças inimigas. O último a acender seu cigarro, "o terceiro homem", normalmente era morto por um atirador furtivo. Acho que essa superstição em particular nasceu como uma advertência.

Apesar da crença popular, o sueco Ivar Kreuger, na época dono de uma grande fábrica de fósforos, não teve nada a ver com a origem dessa superstição — embora certamente se tenha beneficiado dela. Pense nisso: quanto mais fósforos você usasse, mais ele venderia! A relação de três cigarros para um fósforo simplesmente não era boa para o negócio. Aprisionar a natureza supersticiosa das pessoas é muito fácil.

Devo admitir que essa superstição "me parece" completamente contraintuitiva. Supostamente o número três não significa *boa* sorte? É considerado um número perfeito. E "Os três porquinhos" e todo o restante? Há também os três desejos concedidos, a Santíssima Trindade, as três joias do budismo, a Deusa Tripla etc. O número três é simbólico em muitas culturas.

Contudo, há ditados comuns ligados a essa superstição, como "a má sorte vem em três", "a morte vem em três" ou "três é demais", além de expressões idiomáticas, como "Quando chove".[6] Em inúmeros relatos pessoais, conta-se que um avô morreu rapidamente, seguido por um tio ou primo, quando todos passaram a observar outros membros da família para ver quem poderia ser o próximo. E psicólogos têm afirmado que somos simplesmente obcecados por séries e por encontrar um fim para a falta de sorte.

6 No inglês, "when it rains, it pours" significa algo como "desgraça pouca é bobagem"; na verdade, a expressão tem origem em "it never rains, but, when it does, it pours" ("nunca chove, mas, quando chove, chove torrencialmente"), em que se faz três vezes menção à chuva. [N. E.]

ROLETA DE NÚMEROS AZARADOS

- Dá azar ter um número ímpar de pessoas sentadas a uma mesa.
- Se alguém tem sorte três vezes em um dia, esse é considerado um dia promissor; se for um empreendimento comercial, certamente será bem-sucedido.
- Um escocês não começa nada no dia 3 de maio, chamado de "Dia da Despedida".
- Os números que terminam em três, nove, doze ou sete são os mais prováveis de dar sorte.
- Encontrar nove ervilhas em uma vagem é sinal de boa sorte.
- A nota de dois dólares é considerada azarada, mas, se você arrancar um pedaço pequeno do canto dela, estará seguro. Por quê? Porque um canto rasgado forma um triângulo de três pontas — um número "sortudo". É por isso que você sempre verá notas de dois dólares com os cantos faltando em todo o país.

O conhecimento sobre as bolotas

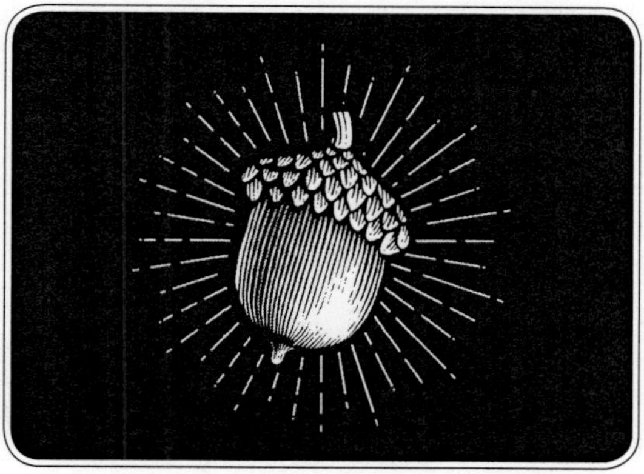

As bolotas são mágicas. O esquilo do filme *A Era do Gelo* mostra isso. Essa espécie de noz tem sido usada como algo encantado por tantos séculos que você provavelmente não sabe o motivo pelo qual a sua avó faz tricô ou crochê de pequenas figuras de bolotas para colocar na casa.

Da Grã-Bretanha à Escandinávia, pensa-se que a bolota traz juventude e sorte. Se uma mulher carrega uma no bolso, acredita-se que ela permanecerá mais jovem e saudável por mais tempo.

Há uma história da mitologia nórdica que diz que Thor se escondeu debaixo de um carvalho enquanto buscava abrigo dos trovões. Essa é a razão pela qual o carvalho é considerado a *sua* árvore. O que nos leva de volta às perguntas sobre os pequenos encantos da vovó. Bem, as pessoas colocavam bolotas no parapeito de uma janela ou na porta da frente como tributo a Thor e para pedir proteção contra trovões e relâmpagos. Além dos encantos da vovó, você provavelmente já notou que nas persianas há pequenas esferas em forma de bolota nas extremidades das cordas que as ajustam. Essa superstição é responsável por isso! E, por último: considera-se a bolota parecida com o órgão masculino (chocante!), o que garantiria a continuação da linhagem familiar com esse pequeno encanto pendurado por aí.

O contador de retratos

Recentemente, compareci à noite de abertura de uma exposição de um artista local em uma galeria e, enquanto circulava pelas pinturas exóticas, parei imediatamente quando uma grande peça caiu. Pouco depois de terminar o burburinho promovido pelo artista e por sua comitiva, e de a pintura ter sido salva, fiquei me perguntando sobre o medo instintivo que eu tive quando ela caiu da parede. Por que fiquei impressionada com esse sentimento de desgraça? Foi o misterioso drinque de cortesia? O calor das luzes?

Como a história nos dirá, não sou a única que teve esse sentimento. Felizmente, não era um retrato de ninguém. A superstição vai além... se um retrato cai de uma parede, esse evento marca a morte iminente da pessoa retratada. Algumas pessoas acreditam que isso só acontece se o vidro quebra.

Há um conto popular de um arcebispo inglês que um dia entrou em seu gabinete e encontrou seu retrato caído no chão. Ver essa cena pode tê-lo aterrorizado, fazendo-o adoecer e morrer rapidamente. A mesma coisa aconteceu com o Duque de Buckingham durante o reinado do Rei Carlos I. Ele entrou em seu gabinete, viu seu retrato no chão e morreu logo depois. (A propósito, quem ostenta um retrato de *si mesmo* em seu próprio gabinete?) Estranho.

A origem dessa superstição é semelhante à dos sapatos. Acreditava-se que os retratos carregavam a essência daqueles que retratavam, motivo pelo qual seus destinos estavam entrelaçados. Hoje, isso ainda está presente em algumas culturas, embora muitas vezes se aplique a qualquer pintura. Assim, mesmo que se trate da pintura de uma fruta ou de uma paisagem, o presságio pode se aplicar a quem quer que esteja na casa ou na proximidade da pintura caída.

Agora que sei disso, estou começando a me preocupar. O quadro naquela galeria não era um retrato, mas caiu exatamente quando eu passei. Estranho. Eu me pergunto... isso é um presságio para mim? Agora estou nervosa. Ah, não. Acho que estou sentido minha garganta se fechar...

SUPERSTIÇÕES POPULARES HOJE

Abençoar o espirro

Como tantas superstições, a razão pela qual nos países de língua inglesa normalmente se diz "Deus te abençoe" depois de alguém espirrar não está clara. Uma teoria popular reside no fato de que sua alma deixa seu corpo quando você espirra, e abençoar alguém lhe dá proteção contra espíritos malignos que possam tomar o lugar da alma débil. Versões dessa bênção são ditas em mais de setenta línguas. Definitivamente, trata-se de uma superstição "contagiosa"!

Bater na madeira

Em uma brincadeira de pega-pega no início do século XIX, se uma criança tocasse o tronco de uma árvore, ela estaria "a salvo" de ser pega. Isso provavelmente corresponde à origem da superstição "bate na madeira", quando batemos ou tocamos na madeira ao dizermos algo que não queremos que aconteça (para evitar o inevitável destino).

Derramar sal

Originalmente, se derramassem sal em sua direção, você teria azar (e não quem derramou). Só nos tempos mais modernos é que a pessoa que derramou o sal tem azar. Uma das conexões mais prováveis (existem muitas) é que Judas derrubou sal na última ceia, e jogá-lo sobre o ombro evitaria que o diabo sussurrasse em seu ouvido esquerdo (o ouvido mais fraco). Ou se poderia fazer uma cruz no sal espalhado. O sal tem sido considerado uma mercadoria valiosa ao longo da história, quase como o dinheiro, tendo estado muitas vezes ligado à prosperidade. Afinal de contas, é de onde vem a palavra "salário" (*salarium* em latim). "Desperdício" pode ser visto como uma tragédia convidativa para você e sua família.

Passar embaixo de uma escada

Esta superstição é mais sombria: opiniões sobre como ela surgiu se diferenciam dependendo de para quem você perguntar. Alguns consideram sacrilégio passar por debaixo de uma escada, pois uma escada encostada a uma parede forma um triângulo (com três pontas como a Santíssima Trindade). Outros dizem que teve origem no caso de indivíduos condenados a subir uma escada para alcançar a forca. E alguns até mesmo seguem um ponto de vista prático: alguma coisa pode cair sobre você! Conhecendo o inconveniente de cair tinta e gesso na cabeça de alguém, esta tem o meu voto.

Nós já prescrevemos isso?

TRATAMENTOS MÉDICOS, CHARLATÕES E LOUCURA

"Um médico nada mais é que um consolo para o espírito."

— Gaius Petronius Arbiter (Petrônio)

Me fale sobre sua história médica

Para onde vamos quando estamos com dor... sentindo-nos indefesos e desesperadamente em busca de alívio? Um psiquiatra pode entrar nessa conta. Ou um médico, se o problema for físico. Se você puder conseguir os dois, tanto melhor. Nos tempos antigos, antes de a medicina se tornar a respeitável profissão que é hoje, os médicos *eram* um pouco de ambos. E os charlatões sabiam disso.

Quando nossos antepassados eram atingidos por doenças, sofriam acidentes dolorosos ou simplesmente desejavam algo — como uma gravidez ou a juventude eterna —, os doutores prometiam... eles davam esperança. É por isso que a epígrafe deste capítulo, de Petrônio, é tão verdadeira. "Um médico nada mais é que um consolo para o espírito."

Será que um médico que trata uma pobre alma que sofre de uma doença debilitante realmente acredita que enfiar um tubo pelo seu ânus e soprar fumaça de tabaco corresponderia a um artifício suficiente? Claro que sim. Eles também acreditavam que fazer um buraco em seu crânio poderia curá-lo se estivesse deprimido.

Embora existam, é claro, muitos tratamentos dos médicos antigos que deram certo, por que não enfatizar aqueles com os quais eles erraram vergonhosamente? Ou simplesmente examinar as histórias loucas, os remédios que fazem a cabeça coçar e descobertas interessantes? Nossa história médica é tão interessante e inventiva quanto a da própria humanidade, e fará você pensar no quanto (e quão pouco!) as coisas realmente mudaram. Ainda hoje existem médicos, empresas farmacêuticas e fontes curiosas que nos empurram comprimidos e remédios como se estivéssemos em 1399. Promessas.

Seja na forma de enemas de tabaco ou de outras práticas questionáveis, sempre haverá alguém para tentar bombear fumaça no seu traseiro, para lhe prometer *algo*, para lhe dar esperança. Cabe a você decidir se vai deixar esse tubo aí embaixo.

Recém-mortos e prontos para o negócio

Há muitos tratamentos médicos confusos do nosso passado, mas geralmente existe algum tipo de lógica ou teoria duvidosa a ser encontrada que faz sentido se você olhar por todos os ângulos. Entretanto, não consigo encontrar lógica no que diz respeito à "medicina de cadáveres" e fico perplexa com a maneira como ela se desenrolou por tanto tempo. Os médicos têm usado cadáveres para vários tipos de "tratamentos medicinais", e até mesmo para fins cosméticos, desde os tempos antigos grego e romano.

Desde as verrugas curativas até a juventude, acredita-se que todas as partes do nosso corpo humano tenham um objetivo próprio. Você encontrará registros sobre prescrições do passado que incluem ingredientes humanos — desde cabelo, gordura corporal e urina até leite materno, fezes e sangue menstrual. Alguns deles, entretanto, como gordura e osso, só podem ser recuperados quando o doador humano não está vivo para se opor a isso. Você poderia ganhar um bom dinheiro com aqueles que já partiram.

As melhores mercadorias para tratamentos eram de criminosos mortos. A teoria em torno disso provavelmente surgiu do cientista e médico flamengo Jan Baptiste van Helmont, que acreditava que a força vital do corpo se prolongava após a morte. Se o falecido tivesse uma morte particularmente violenta, seria ainda mais forte. Exploraremos algumas maneiras recentes de "tratar" corpos mortos (e antigos cadáveres mumificados).

Pomada de carrasco

O que é pomada de carrasco e por que soa como algo que você não quer tentar usar? Bem, eu não vou me prolongar muito. Pomada de carrasco é apenas mais um nome dado para a gordura dos criminosos recém-executados. Também conhecida como "gordura de homem" e "gordura do pobre pecador", foi utilizada para uma série de tratamentos de doenças, de gota até feridas abertas.

A gordura era vendida a boticários, mas também era solicitada por carrascos. Não era incomum na Holanda que um carrasco usasse a gordura humana como pomada para as feridas de outros prisioneiros que acabavam de ser torturados. Era uma mercadoria muito boa no passado e continuou a ser usada até o *início do século XIX*. Como isso é possível? Bem, com o passar do tempo, o ingrediente passou a ser menos divulgado. Você poderia comprá-lo em um produto cosmético e simplesmente não saber disso.

Então, como exatamente eles... você sabe... *tiravam* a gordura daqueles corpos? O médico Andreas Vesalius, do século XVI, recomendou extrair ossos e cartilagens de um cadáver em ebulição e recolher a gordura humana que flutuava na superfície da água por suas propriedades curativas.

Há algumas teorias sobre como esse remédio médico surgiu, mas as origens mais prováveis têm a ver com superstição. Há uma crença antiga de que a gordura dos santos e dos mártires continha poderes de cura milagrosos. Ainda, sabe-se que as feiticeiras consumiam ervas narcóticas misturadas com a gordura das crianças no Sábado das Bruxas porque acreditavam que continha a vitalidade dos pequenos. Não demoraria muito para que crenças dessa natureza evoluíssem para a teoria de van Helmont. O folclore é a causa de muitas práticas, tanto do passado quanto do presente.

Apesar da crendice em si, o uso da gordura humana como tratamento não se baseia *inteiramente* na superstição. A medicina moderna revelou que o tecido adiposo (ou seja, a gordura) é altamente "angiogênico", ou seja, promove o crescimento de novos vasos sanguíneos a partir de vasos preexistentes. Assim, aqueles que enxergaram os resultados influenciaram outros a acreditar em sua eficácia sem fazer muitas perguntas.

Segundo o *American Journal of Pharmacy and the Sciences*, um autor popular do século XVII contou a história de um soldado que tinha sido ferido por uma lança, mas conseguiu se recuperar completamente tomando "uma mistura de gordura humana com sangue de bode e água-benta na cerveja". Para um caso de cãibra, uma pomada "composta por gordura humana, gordura de cão e a medula de um osso de cavalo". Tudo o que tenho a dizer é... por que um bode e não uma cabra?

Agora falando sério. O fato de os tratamentos com gordura humana terem continuado por milênios me deixou tão perplexa quanto os recém-decapitados.

> *"Se os médicos soubessem do poder dessa substância, nenhum corpo seria deixado na forca por mais de três dias."*
>
> — Paracelso, médico e alquimista suíço

As gotas do rei

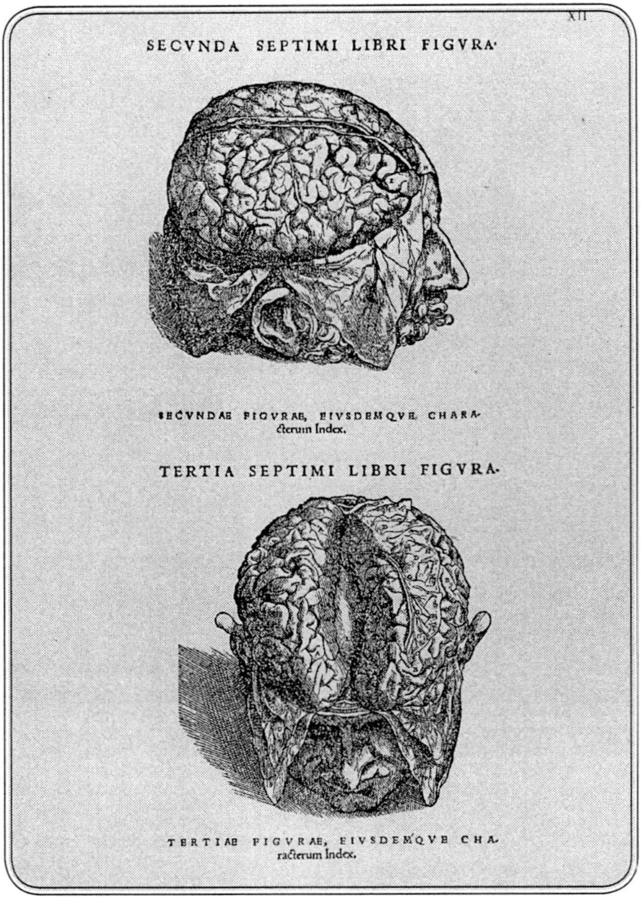

O curioso remédio do século XVII recebeu essa alcunha de seu usuário mais notável: Carlos II, da Inglaterra. Também conhecidas como "gotas de Goddard", as gotas do rei eram uma mistura de crânio humano em pó destilado em álcool. Carlos comprou a receita do médico Johnathan Goddard por cerca de seis mil libras e muitas vezes a produziu em seu laboratório pessoal. O produto que resultava era usado para tratar problemas como epilepsia, desmaios, convulsões, letargia e doenças mentais e ainda para restaurar a vida daqueles que estavam à beira da morte.

Para fazer este macabro coquetel de caveira, você só precisa de:

- ☞ Espírito do chifre de veado-vermelho (também conhecido como amoníaco).
- ☞ O crânio em pó de uma pessoa recentemente enforcada.
- ☞ Um toque de víbora seca.

Thomas Willis, um neurologista do século XVII, desenvolveu uma variação desse espírito que continha chocolate, para dar uma adoçada na receita. Mas esta não foi a primeira a incluir um crânio. O avô de Carlos II, Jaime I, já a havia receitado, mas era sabido que não gostava; um médico observou: "o rei odeia comer corpos humanos, [por isso] a cabeça de um boi pode ser empregada nesse caso."

As gotas do rei se tornaram moda depois que Carlos começou a usá-las. Contudo, depois que o monarca recorreu a elas em seu leito de morte e, bem, morreu mesmo assim, sua reputação ficou um pouco abalada. Elas passaram a não ser mais empregadas durante a era vitoriana. E sua popularidade pode estar ligada à teoria "semelhante cura semelhante".[7] Acreditava-se (corretamente) que condições como epilepsia resultavam de um problema de cabeça, então era lógico que cérebros e crânios estariam envolvidos em seus tratamentos.

Você também pode encontrar alguém bebendo água ou vinho de um crânio ou enfiando algum musgo de crânio (o fungo que cresce em crânios muito velhos) no nariz para tratar sangramentos. John French, um "Doutor em Física", fez outra recomendação em seu livro *The Art of Distillation*.

---

7 De acordo com o entendimento homeopático, qualquer medicamento capaz de produzir sintomas mórbidos em alguém saudável removerá sintomas semelhantes que ocorrem como expressão de uma doença. O nome "homeopatia", cunhado por seu criador, Samuel Hahnemann, deriva das palavras gregas para "sofrimento semelhante", que se referem ao princípio "like curing like", conforme o termo original usado no texto. [N. E.]

> "Pegue o cérebro de um jovem que morreu de morte violenta, junto com as membranas, as artérias, as veias, os nervos e toda a [polpa] de trás, e os triture em uma argamassa de pedra, até que se tornem uma espécie de papa. Então, coloque o máximo de vinho espirituoso a fim de cobri-la... Depois deixe-a marinar meio ano em esterco de cavalo... Um pouco dessa essência colocada em alguma água específica uma vez por dia é um remédio infalível contra a epilepsia."
>
> — "A essência do cérebro do homem": receita

Você está se perguntando se as instruções se referiam a beber cérebro e carne marinados em merda de cavalo por seis meses? Sim. Mas não se preocupe. Era para diluir em um pouco de água, claro.

"Considero o remédio pior do que a doença."

— John Fletcher, dramaturgo jacobeu

Medicina vampiresca

O sangue humano foi outro curativo popular muitas vezes prescrito no passado. Os médicos o defendiam para inúmeros males, desde a epilepsia até a restauração da vitalidade. O estudioso italiano do século XV Marsilio Ficino acreditava que o sangue não só curava como também compreendia o próprio elixir da vida. Ficino afirmava que os idosos poderiam ter um pouco de sua juventude restaurada se sugassem o sangue de um jovem saudável. Como um vampiro de verdade.

"Chupe, portanto, como sanguessugas, trinta ou sessenta gramas de uma veia mal aberta do braço esquerdo..."

Para o caso de "dificuldade para digerir sangue cru", ele recomendou: "Deixe primeiro ser cozido com açúcar ou misture-o com açúcar e moderadamente destile-o em água quente para depois bebê-lo." Adicione um pouco de molho inglês e pimenta, e você terá um Bloody Mary nas mãos.

Outro método particularmente nojento de consumo de sangue foi a conserva. Uma receita de um boticário franciscano, em 1679, recomenda que você tome o sangue de uma pessoa de "temperamento quente e úmido, como as de tez manchada, vermelha e um pouco gordas". A família Weasley da saga *Harry Potter*, formada por ruivos de todos os tipos e tamanhos, não deve ficar muito feliz com isso... Então, você deveria "deixá-lo secar em uma massa pegajosa". Quanto ao restante, pode imaginar. Em seguida:

> "Coloque-o sobre uma mesa plana e lisa de madeira macia e corte-o em fatias finas, permitindo que sua parte aquosa escorra. Quando não estiver mais pingando, coloque-o em um fogão sobre a mesma mesa e misture-o a uma massa com uma faca... Quando estiver absolutamente seco, coloque-o imediatamente em um almofariz de bronze muito quente e bata-o, forçando-o por uma peneira de cerda bem fina. Uma vez totalmente peneirado, sele-o em um frasco de vidro. Renove-o no início da primavera de cada ano."

No entanto, todas essas prescrições dizem respeito a pessoas vivas; e quanto ao remédio para cadáveres de que temos falado? A crença na poderosa natureza curativa do sangue teve origem há milhares de anos, no período etrusco, embora tenha sido mais popularmente notada durante a época romana, quando as pessoas bebiam o sangue de gladiadores derrotados. Assim como a gordura humana, pensava-se que o sangue tinha melhor qualidade quando tirado de alguém saudável, de preferência jovem e forte. Quem melhor se encaixa nessa descrição do que um lutador forte? Quando o gladiador morria, os doentes saíam e recolhiam seu sangue. Uma vez proibido o combate de gladiadores, cerca de 400 d.C., criminosos executados os substituíram como fonte de sangue. A turba que assistia às execuções esperava com seus copos e taças nas mãos, e corria para coletar o sangue que jorrava dos criminosos recém-executados sobre o cadafalso. Era melhor quando estava quente, entendeu?

> *"Preservamos nossa vida com a morte dos outros. Em uma coisa morta resta uma vida insensata que, quando se reúne com o estômago de quem vive, recupera a vida sensível e intelectual."*
>
> — Leonardo da Vinci

Elixir de múmia

Depois de usarmos gordura humana recém-cortada da carne, sangue de pessoas saudáveis e recém-mortas e caveiras humanas, o que vêm a seguir no cardápio são cadáveres *muito* velhos — as múmias.

Assim como as caveiras, você não comeria uma múmia como se estivesse simplesmente mordendo uma coxa de peru em um festival medieval. Você precisava cortá-la em pedacinhos e, geralmente, reduzi-la pó. A receita descrita a seguir — "Elixir da Múmia" — é do médico John French para tratar "todas as infecções".

> Pegue a múmia (ou seja, a carne endurecida de um homem), corte-a em pedaços de 113 gramas e junte-a com o espírito do vinho... algo como 283 gramas, e coloque essa mistura em um recipiente envidraçado (três quartos estando vazios) que marinará em esterco de cavalo durante um mês.

Mais esterco de cavalo, você me pergunta?! O quê, você achou que o filé de múmia fosse a pior parte da receita?

> Então, tire-a do recipiente e esprema-a, deixando-a ao ar livre por um mês. Em seguida, filtre-a pela "manga de Hipócrates" [uma bolsa filtrante] e, então, deixe o espírito evaporar até que o que permaneça no fundo esteja como um óleo, o verdadeiro elixir da múmia.

Um mês para marinar no esterco do cavalo e outro para respirar. Você deve ter paciência ao lidar com essas receitas. Isso lhe dará tempo para refletir e para se sentir à vontade sobre o que está prestes a fazer. Contudo, se ele estiver correto, todas as infecções serão curadas com esse elixir. O que significa que tudo valerá a pena se você souber esperar. French também afirma que o elixir de múmia é "muito balsâmico" — o significado disso eu ainda não descobri. Um brinde à esperança de que não tenha nada a ver com saladas.

Passe Vick VapoRub

Se você já assistiu ao filme *Casamento grego*, entenderá que algumas culturas têm uma espécie de Santo Graal da cura. Na história, é o Windex, produto usado para limpeza de vidros. De furúnculos a espinhas, o pai grego diz à família para "passar um pouco de Windex" para que as enfermidades desapareçam. Já na maior parte das culturas hispânicas, é o conhecido Vick VapoRub, mais comumente chamado de *El Vickisito* (pequeno Vick), *El Bix*, *El Bic*, *Bibaporrú*, Eau De ViVapoRu e *Vivaporú*.

O Vivaporú (pronunciado como "vee-vah-poh-roo") se tornou um ícone da cultura latina, com poderes que beiravam o sobrenatural. O poeta mexicano José Olivarez chegou a escrever um poema sobre esse pequeno frasco de cura. Aqui está uma amostra do talento desse artista:

> perdeu a missa? coloque vaporub na testa e veja o perdão chegar às suas bochechas. coloque vaporub na nossa conta bancária e veja os cobradores pararem de ligar. quando eu esquecer uma palavra em espanhol? coloque uma colher de chá de vaporub debaixo da língua.

Abuelas (avós) em toda parte recomendam o potinho azul para uma série de enfermidades, embora a maioria não tenha nada a ver com a gripe. Mordida de mosquito? Vivaporú. Carma ruim? Vivaporú. Eu mesma, sendo hispânica, posso falar disso. Alguns dos outros sintomas comuns para os quais ele tem sido usado incluem: rachaduras, náuseas, dor de cabeça, dor de ouvido, estrias, dor muscular e pé de atleta. Basicamente, quando estiver em dúvida... passe Vivaporú!

Rindo do gás

"Senti-me como o som de uma harpa."

Óxido nitroso é o nome pomposo de uma das maiores descobertas médicas já feitas — o gás do riso. Tive a sorte (ou não?!) de precisar de uma pequena cirurgia na qual me aplicaram óxido nitroso no lugar de anestesia, e, uau, foi uma experiência louca. Foi uma das melhores sensações da minha vida. Você permanece consciente enquanto está sob o efeito do nitroso, e me lembro vagamente de ter recitado *Hamlet* de memória enquanto uma enfermeira tocava música clássica em seu telefone e eu cantarolava junto, como se estivesse em um sonho. Não me julgue. Se você não está familiarizado com os efeitos, inalar óxido nitroso causa sentimentos de euforia e calma total. Muitas vezes também provoca risadas histéricas, que é de onde vem o seu nome. Basicamente, imagine apenas flutuar pacificamente no céu, sem se preocupar com o restante do mundo, em uma situação em que tudo é engraçado.

O gás foi descoberto em 1772 pelo químico inglês Joseph Priestley, mas seu potencial permaneceu desconhecido por décadas. Na virada do século, o potencial desse composto mágico para o alívio da dor foi descoberto pelo médico inglês Thomas Beddoes e pelo químico, inventor e barão inglês *Sir* Humphry Davy. Deus os abençoe. À parte, Davy também descobriu o cloro, o iodo e fez dezenas de outras contribuições para a ciência e a medicina. Barão inteligente.

Davy inalou o nitroso no laboratório um dia e descobriu o êxtase que provocava. Davy e Beddoes queriam ver como os outros reagiriam ao gás: assim, eles faziam festas loucas, que Davy considerava "experimentos", nas quais ele bombeava seus convidados com gás nitroso e registrava suas reações. Ele fez anotações sobre as experiências de mais de trinta pessoas — todas relataram sentir uma alegria intensa. Algumas disseram que pareciam não ter peso algum, outras descreveram algo como o som de uma harpa, com pensamentos selvagens pipocando na mente. O poeta Samuel Coleridge descreveu um estado de êxtase pacífico, "como voltar de um passeio na neve para uma sala quente".

Essas festas, que começaram a surgir nos EUA e na Inglaterra na primeira metade do século XIX, sendo chamadas de "brincadeiras de éter", eram especialmente populares entre os estudantes de química e medicina. Apesar de muito divertidas, tinham porém um propósito maior de *descoberta* para Davy. Uma vez que os efeitos do entorpecimento do nitroso foram verificados, ele passou a ser utilizado durante cirurgias, como anestesia precoce, e para alívio da dor. O uso recreativo do gás acabou desaparecendo, e, depois que Davy descobriu sua natureza viciante ao se tornar ele mesmo dependente, jurou que não faria mais uso pessoal da substância, apenas continuando a pesquisa objetiva. Esse pequeno e feliz gás agora é regulamentado e somente deve ser experimentado em situações médicas. Se por acaso você for participar de uma brincadeira selvagem e ilegal com éter — estarei esperando um convite!

Desaparecimento da crapulência!

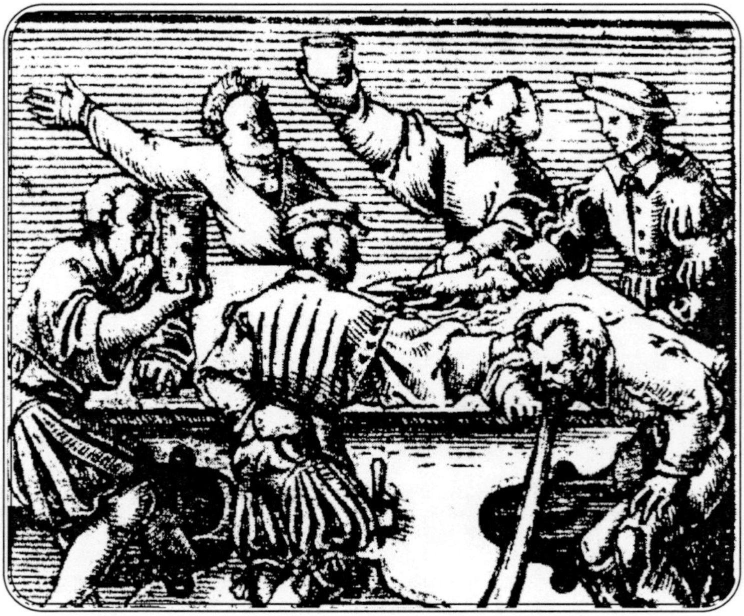

"Crapulência": o estado de intoxicação; um estado doentio causado pelo consumo excessivo de álcool.

Se alguma palavra descreve melhor a sensação de uma ressaca, definitivamente é "*crapulência*", tradução do termo "crapulence", que se refere a alguém "doente por beber ou comer demais". "Crap" significa "porcaria", o que pode resumir o efeito provocado por uma ressaca. Há poucas experiências piores do que essa. Você se sente uma porcaria e nada mais. No entanto, embora desconfortáveis, esses sintomas também são inevitáveis (o que você vai fazer? Nunca beber?). Ta-tá! Aqui estão alguns dos tratamentos realizados no passado para lidar com esse monstro do dia seguinte.

Pokhmel'e

Em 1635, ao fazer uma viagem pela Rússia, o erudito alemão Adam Olearius fez um relato do que viu e aprendeu por lá. Uma de suas principais observações foi a de que os russos adoravam beber. "Nenhum deles em qualquer lugar, a qualquer hora, ou sob qualquer circunstância deixa passar qualquer oportunidade de uma jogatina ou de uma bebedeira", observou. Como eles lidavam com as previsíveis e desconfortáveis sequelas disso? Esses bebedores profissionais tinham uma receita verdadeira e comprovada chamada *pokhmel'e*, que se traduz como "ressaca" ou "depois de estar bêbado".

Aqui está o modo de fazer dessa receita tradicional:

☞ Corte um cordeiro assado e frio em tiras pequenas e finas.

☞ Misture com pimentas e pepinos (ou seja, picles), cortados de forma semelhante.

☞ Despeje o cordeiro sobre uma mistura de partes iguais de vinagre e suco de pepino.

Aproveite com uma colher! Depois, observando as notas de Olearuis, "a bebida passa a ter um gosto bom de novo", e você estará pronto para começar tudo novamente.

Embora fosse provavelmente muito azeda, havia uma lógica por trás dessa combinação aparentemente estranha de alimentos. O cordeiro fornece a proteína que dá energia. A pimenta libera ácido clorídrico no estômago, aliviando as náuseas. A salmoura (pepinos em conserva) dos picles era crucial em virtude do seu teor de sal, cujos eletrólitos combatem a desidratação pelo consumo excessivo de álcool. Além disso, a fermentação malolática dos picles tradicionais russos criaria o que hoje conhecemos como probióticos, que estimulam bactérias saudáveis no intestino.

A sabedoria que envolve essa receita medieval se estendeu até os dias de hoje, com a popularidade do suco de picles. Se você está por dentro do que acontece no futebol americano, provavelmente saberá que, no ano 2000, atletas do Philadelphia Eagles tomaram suco de picles antes da partida contra os Dallas Cowboys. Como resultado, nenhum membro do time do Eagles sofreu com as cãibras musculares que assolaram os Cowboys. Os Eagles venceram o jogo. Além disso, se você estiver em um bar nos EUA, pode pedir algo chamado The Pickleback ("gato de picles"), composto por uma dose de uísque seguida de uma dose de suco de picles. Pode agradecer aos russos mais tarde!

"A videira produz três tipos de uvas:
a primeira de prazer, a segunda de intoxicação e a
terceira de repugnância."

— Anacársis, no século VI a.C.

Cozido da Mesopotâmia

Outra receita interessante do passado vem da antiga Mesopotâmia. Em 5.000 a.C., um médico recomendou que se preparasse o seguinte guisado:

> "Se um homem tomou um vinho forte e sua cabeça foi afetada... pegue uma mistura de regaliz, feijão, oleandro [com] azeite e vinho... pela manhã antes do nascer do sol, e, antes que alguém o beije, faça com que tome a bebida e ele se recuperará."

Antes que alguém o tenha beijado. Assim tão rápido!?

O regaliz e o vinho são naturalmente doces, e o feijão é em geral saboroso, mas, além do choque de sabores, esse tratamento pode não ser tão repulsivo quanto outros — exceto pelo fato de que o oleandro é uma planta tóxica. Pode ter funcionado induzindo vômitos, porém, em demasia, teria sido fatal. Acho que prefiro levar a dor de cabeça comigo até a morte.

"Se você entrar em uma noite regada a vinho, mais dele na manhã seguinte será o remédio."

— Escola de Medicina de Salerno

Cura com repolho: a nêmese da ressaca

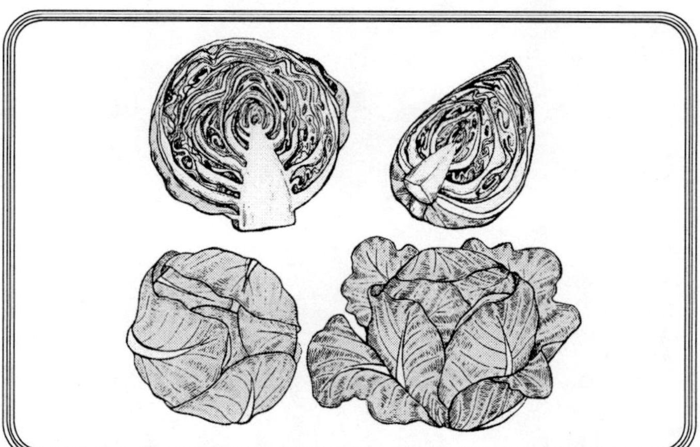

A palavra *repolho* não sugere nada intimidante. Na verdade, é uma palavra meio idiota se você a disser algumas vezes seguidas. Experimente. Tente novamente. Você me entendeu? Contudo, é fato que os antigos gregos e romanos consideravam o repolho um inimigo natural da videira. Eles acreditavam que até mesmo plantar repolho perto de uma videira faria uma de tipo delicado murchar.

Talvez fosse por isso que os antigos pensavam que o repolho seria tão eficaz como curativo para a ressaca! Muito vinho no seu corpo? Ele sairá de você com a aparência de seu maior inimigo, o repolho. O próprio Aristóteles era conhecido por jurar pelo repolho antes e depois de beber por seus passeios. Tanto Plínio, o Ancião, quanto Catão descrevem nada menos que 87 enfermidades que o poderoso repolho pode curar.

A verdade é que o repolho *é* bom para você, só não porque compreende a nêmese do vinho.

Sua folha contém o aminoácido glutamina, assim como potássio, enxofre, cloro, iodo, vitaminas C e B6 e outras toneladas de nutrientes, incluindo fibras para ajudar na absorção do álcool acetaldeído.

Você poderia comer esse "valentão discreto" de várias maneiras, de preferência antes e depois da sua aventura alcoólica:

☞ Cru, servido com vinagre e muito azeite de oliva.

☞ Cozido com o mesmo tempero.

☞ Ao estilo russo, com água de repolho em vinagre (muito previsível?).

☞ Ao estilo ucraniano, com chucrute.

☞ Fervido, apenas bebendo-se o suco.

Além disso, Galen, o Grego, recomendava embrulhar a cabeça em folhas de repolho — aposto que qualquer pessoa que testemunhar esse estranho espetáculo vai se sentir melhor que o objeto do embrulho.

"No caso de alguém que tiver bebido demais: se for um homem, os testículos devem ser lavados com sal e vinagre, e, se for uma mulher, os seios; também se deve deixá-los comer a folha ou o talo ou o suco de um repolho com açúcar."

— *Os contos da Cantuária*

Grinaldas curativas

Por falar em embrulhar a cabeça com coisas... Se soubesse *alguma coisa* sobre a maneira correta de organizar um banquete na Grécia antiga, você se certificaria de ter grinaldas à mão para decorar a cabeça dos convidados, evitando, assim, as ressacas. Acreditava-se que as fragrâncias únicas dessas grinaldas protegeriam o usuário das consequências de o efeito do vinho bater com muita força.

Textos gregos e romanos recentemente descobertos revelam que havia livros inteiros dedicados aos poderes terapêuticos das grinaldas. Algumas flores, plantas e folhas podem curar, e combiná-las do jeito certo constituía uma arte habilidosa.

Por exemplo, pensava-se que o cheiro de rosas ou murta evitaria dores de cabeça e acalmaria os "maus humores". As rosas eram consideradas um poderoso sedativo; hena, sálvia e açafrão podiam lhe acalmar em um sono tranquilo e fazê-lo acordar descansado.

Além disso, folhas do arbusto de louro de Alexandria torcidas para usar no pescoço eram recomendadas após uma noite de festividades romanas selvagens, como as lendárias bacanais. Se houvesse plantas associadas a um deus específico, também eram usadas como recursos. Por exemplo, hera, louro e asfódelo estavam ligados ao deus Dionísio, sendo comumente usados para vários fins medicinais.

O renomado médico Triphonus escreveu que as coroas de flores não eram "simplesmente ornamentais, mas também serviam para afastar a embriaguez, enxaquecas e outras enfermidades". Talvez, nos dias modernos, aqueles que vão ao festival Coachella coroados de flores estejam afinal canalizando a sabedoria antiga.

NÓS FIZEMOS ISSO? A PRIMEIRA VACINA

O médico inglês Edward Jenner criou a primeira vacina em 1796. A varíola matava quase meio milhão de pessoas por ano na Europa do século XVIII. De aparência semelhante à da lepra, essa doença causava pavor intenso, em razão de suas altas taxas de mortalidade. A chave para vencer a varíola de uma vez por todas surgiu de uma fonte bastante estranha: as vacas.

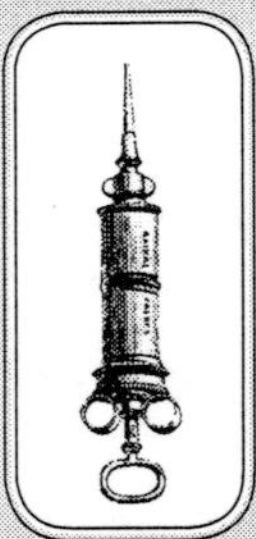

A varíola bovina era uma doença de pele mais leve do que a varíola, desenvolvida por vacas e por ordenhadeiras (mulheres que trabalhavam na ordenha), geralmente nos braços e pernas. Em sua hipótese sobre a ligação entre ambas as wwmoléstias, Jenner extraiu pus (eu sei, nojento, né?) de uma lesão de uma ordenhadeira infectada com varíola bovina e o injetou na corrente sanguínea de um menino.

Ele então expôs o garoto à varíola — *mas nada aconteceu*. O garoto não pegou essa doença altamente infecciosa. Por isso a palavra "vacina" vem do termo latino para vaca: *vacca* (em espanhol, *vaca*).

Uma cura sagrada

Todos temos pequenos remédios que nos fazem sentir melhor. Dores de barriga? Um pouco de chá pode ser a sua arma. Está sentindo a garganta "arranhar"? Provavelmente VapoRub e uma canja de galinha quente o farão se sentir revigorado. Mas já sabemos que, às vezes, a realeza pode ser um pouco... extravagante.

O imperador etíope Menelique II (1844-1913) era conhecido por arrancar e comer páginas da Bíblia sempre que se sentia indisposto. Só Deus sabe como aquele homem chegou à conclusão de que o papel da Bíblia curava todos os males, mas deve ter funcionado para ele em algum momento, já que repetiu a prática durante anos. Talvez ele só precisasse de alguma fibra.

Esse seu pequeno hábito só ganharia uma virada de página de verdade em 1913. Depois de sofrer um derrame cerebral, Menelique II acabou se empanturrando de papel e ficou preso a uma dieta que consistia apenas no primeiro e no segundo livros de Reis. Ele sobreviveu ao derrame, mas acabou morrendo de um bloqueio intestinal... muito provavelmente por causa de todo aquele papel. *Muita* fibra, cara.

Em sua defesa, *há* menções na Bíblia a "comer" a palavra de Deus. Talvez, porém, se ele tivesse passado mais tempo lendo e menos tempo salivando, não tivesse levado esse pedaço de sabedoria tão a sério. Aqui está uma citação para anotar.

"Achando-se as tuas palavras, logo as comi,
e a tua palavra foi para mim o gozo
e a alegria do meu coração."

—Jeremias 15:16

Se você fosse Menelique II, essas palavras significariam uma única coisa: *bon appétit.*

Prescrições charlatãs

"A medicina às vezes garante
a saúde, às vezes a destrói."

— Ovídio, *Tristia*

Hanseníase nunca mais

O remédio descrito a seguir curará a hanseníase, que está lhe dando uma reputação tão ruim. Você não precisa mais enfrentar o constrangimento de ter que usar sempre um cachecol ao redor do pescoço e ver todos lhe evitando. Só espero que você não tenha medo de cobras. Especialmente de víboras gordas e assustadoras. John French, conhecido médico do século XVII e autor de *The Art of Distillation*, recomendava:

> Selecione as melhores víboras gordurosas, corte suas cabeças, tire-lhes a pele e desmonte-as. Depois, coloque-as no melhor saco [vinho branco fortificado], quatro ou seis de acordo com o seu tamanho em um galão. Deixe-as descansar por dois ou três meses. Depois, extraia o vinho enquanto o bebe.
>
> Alguns as colocam vivas no vinho, onde são sufocadas; depois, tiram-nas de lá, cortam suas cabeças, tiram-lhes a pele e as desmontam, e então as colocam novamente no mesmo vinho, fazendo como antes.

Então, deixe-me explicar rapidinho. Primeiro, você encontra algumas víboras. Depois, tenta matar algumas delas (sem, com isso, *se* matar). Em seguida, faz algumas coisas desagradáveis com o corpo delas e as deixa estufar dentro do seu vinho branco. De preferência, aquele que você tem guardado para o seu aniversário.

Então, você tenta encontrar *mais* algumas víboras para capturar e, ao mesmo tempo, não se matar no processo. Em seguida, coloca essas víboras *vivas* no seu vinho até que elas se afoguem. Você precisará de um pouco de paciência nessa parte, já que as víboras geralmente conseguem sobreviver debaixo d'água por mais de uma hora. Então, você faz mais coisas desagradáveis com elas. Repita o processo.

Em resumo, acho que ou a lepra ou as cobras já teriam me matado até o tal vinho ficar pronto.

Bosta médica eficiente

"... há uma grande virtude no esterco."

Quer saber como fazer água de estrume? A receita a seguir, do nosso amigo John French, tem, segundo ele, benefícios medicinais ao tornar o solo fértil. Realmente se ganham pontos aí. O solo fértil permite que os alimentos cresçam. Então, por que usar o fertilizante comprado em lojas? Faça seu próprio chá de esterco.

Antigo aparelho de "alambique" utilizado para destilação. A extremidade maior seria colocada sob uma chama.

Pegue qualquer esterco na quantidade que quiser. Enquanto ainda estiver fresco, coloque-o em um alambique frio comum [como o da figura] e, em um fogo suave, destile-o. Será melhor se o fundo do alambique for colocado sobre um vapor. Se quiser que fique mais forte, destile novamente a referida água sobre suas fezes várias vezes; assim, vemos que há uma grande virtude no esterco. Ele deixa o solo mais fértil, e muitos de seus tipos são muito medicinais.

Um espírito para irritar os seus espíritos

Você sabe exatamente do que precisa naqueles dias em que simplesmente *não está dando conta*? Aqueles dias em que você se parece mais com um bicho-preguiça do que com um panda produtivo? Beba do espírito da *aqua magnanimitatis* para se libertar dessa falta de ânimo. É especialmente bom se você precisa ir para a guerra, se está necessitado de coragem, se quer urinar bastante ou ter muitas relações sexuais. Basicamente, será um bom empurrão — levanta, sacode a poeira e dá a volta por cima.

Você deve conhecer o ingrediente principal deste remédio: o "pismire", nome arcaico em inglês para "formiga", mais conhecido pelo nome casual de "formiga-mijo" ou "pissant", se quiser soar francês e chique. Basicamente, você precisará de muitos desses insetos pequenos e irritantes. A *aqua magnanimitatis* também curará a surdez ou restaurará sua visão, se estiver ficando um pouco cego... porém, eu lhe desafio a jogar *eau d'ant* no seu globo ocular. Só para constar, as palavras "eau" (do francês, "água") e "ant" (do inglês, "formiga") levam à expressão "água de formiga". Curiosamente, "eau d'ant", em francês, significa "água velha".

Selecione dois punhados de formigas (as maiores e com um cheiro azedo são as melhores) para quase um galão de vinho espirituoso. Coloque essa mistura em um recipiente de vidro e feche-o por um mês, durante o qual as formigas serão "dissolvidas" no licor. Em seguida, destile-as em um *balneum* [recipiente para conservar a água quente] até estarem todas secas. Feito isso, coloque a mesma

> quantidade de formigas de antes. Você deverá dissolver e destilar no referido licor, como antes. Repita o procedimento por três vezes e, ao final, aromatize a bebida com um pouco de canela.
>
> Note que sobre o álcool flutuará um óleo que deve ser separado.
>
> Esse álcool tem excelente utilidade para despertar o espírito animal — tanto que João Casimiro... sempre bebia dele quando ia à luta, para aumentar a magnanimidade e a coragem, que já eram admiráveis.
>
> Esse álcool também irrita maravilhosamente os que são preguiçosos à veneração [indulgência sexual].
>
> Também provoca a urina até mesmo para ser admirado.
>
> Também irrita maravilhosamente os espíritos entorpecidos e agredidos com qualquer têmpera fria. O óleo resulta nos mesmos efeitos, e com mais força.
>
> Esse óleo ajuda, ainda, na surdez em excesso, ao se jogarem duas ou três gotas no ouvido, depois de passarem bem pela seringa, uma vez por dia, durante uma semana.
>
> Ajuda também os olhos embaçados, ao ser lançado de vez em quando neles.

João Casimiro foi um príncipe alemão do século XVI cujas batalhas, em sua maior parte, teriam sido relacionadas a assuntos religiosos. Então, se você estiver enfrentando uma batalha como ele, a *aqua magnanimitatis* lhe encherá de coragem durante a preparação para o combate.

Não sei o motivo pelo qual alguém desejaria "provocar a urina até mesmo para ser admirado" — talvez uma competição entre dois homens maduros? Independentemente da intenção, essa substância alcoólica foi criada para ser uma espécie de bebida energética estimulante à base de formigas cujo objetivo era curar as tendências preguiçosas e expulsar qualquer sentimento letárgico de perto.

"Receba seus honorários enquanto o paciente ainda se sente doente."

— Conselho médico comum

Vinte e sete tratamentos com cebola

Ela o faz chorar, tempera sua comida para que tenha um sabor incrível e integra expressões como "vestir camadas de roupas feito uma cebola". Mas você sabia que existem 27 maneiras de esse vegetal ser usado como remédio? De acordo com Plínio, o Ancião, isso acontece de todos os jeitos. Plínio foi um naturalista e filósofo romano multitalentoso do século I. A obra de sua vida, *História Natural*, tenta capturar volumes de conhecimento antigo da natureza. Quanto às cebolas, aqui estão alguns dos melhores dos 27 tratamentos sobre os quais ele escreveu.

Se você pensava odiar a sensação de ardor nos olhos que experimenta ao cortar uma cebola, imagine esfregar neles o suco maligno que sai desse vegetal. O primeiro uso recomendado da poderosa cebola de Plínio é uma espécie de tratamento curativo para quem tem problemas de visão. Para "a falta de visão, o paciente é obrigado a cheirar cebolas até as lágrimas brotarem: ainda é melhor do que esfregar os olhos com o suco". No final, você estará chorando dramaticamente — o bastante para ganhar um Oscar.

Se você for atacado e mordido por cães raivosos, Plínio aconselhava: "cebolas frescas em vinagre, aplicadas topicamente, ou cebolas secas com vinho e mel, são boas para as mordidas dos cães, tomando cuidado para não remover o curativo até o final de alguns dias." Banhar-se com cebolas de vários dias soa aromático — basta adicionar um pouco de sal e você estará pronto para entrar no forno. Ele também escreveu que essa receita para mordidas de cachorro é boa para curar a pele danificada por ter sido constantemente arranhada.

Boas notícias para quem já passou muitas noites em um bordel local. Pegue as cebolas e "torre-as em cinzas quentes; muitas pessoas as aplicaram topicamente, com farinha de cevada, para deflexões [descargas] dos olhos e ulcerações dos órgãos genitais". Atenção: isso não o fará ter um cheiro melhor depois da sua escapada noturna.

Aparentemente, há algo na cebola e no mel que torna sua combinação primordial para tratamentos. Plínio recomenda bastante essa mistura para picadas de cobra e quaisquer outras feridas causadas por animais, como o escorpião. Além disso, se você adicionar um pouco de leite materno — sim, eu sei —, é possível tratar infecções nos ouvidos; se seus ouvidos estiverem zumbindo, ou se você estiver ficando surdo, basta deixar cair um pouco dessa mistura pelo canal auditivo "com gordura de ganso ou mel".

Adicionalmente, a cebola atua como remédio na digestão calmante, atuando como supositório para o intestino, curando a hidropisia (retenção de líquido e inchaço) e o abscesso peritonsilar (inflamação das amígdalas) e "dissipando a letargia". E o meu favorito: "Nos casos em que as pessoas ficaram subitamente mudas, a cebola foi administrada para ser bebida misturada com água." Dois outros males que ela cura são a dor de dente e as úlceras bucais — fazendo gargarejo com suco da cebola. Ahh.... Listerine *versus* enxaguatório bucal de suco de cebola. Quem ganharia? Um, dois, três, gargareje!

Transfusões de leite

A história das transfusões de sangue é longa e controversa. O primeiro procedimento bem-sucedido foi realizado já no século XVII pelo médico Richard Lower. No entanto, muitos dos casos começaram e terminaram medonhamente, envolvendo marcantes episódios de abuso de animais. (Considere-se avisado.) Os animais foram os primeiros pacientes a serem testados para transfusões, particularmente cães e cordeiros. Depois, humanos. A maioria dos resultados acabava, no entanto, matando o doador, por isso a prática foi condenada pela Royal Society, pelo governo francês e até mesmo pelo Vaticano.

Havia simplesmente muitas dificuldades e perigos. O sangue constantemente coagulava, os pacientes morriam mesmo depois de serem salvos e os doadores também morriam com frequência. Passar por esses inconvenientes parecia impossível. Contudo, em meados do século XIX, os médicos estavam dispostos a tentar qualquer coisa. Qual foi a próxima ideia brilhante deles? Transfusões de um substituto do sangue. O substituto? O leite.

A primeira experiência aconteceu em 1854, desenvolvida pelos drs. James Bovell e Edwin Hodder, cuja teoria era de que as partículas oleosas e gordurosas do leite poderiam ser convertidas em "corpúsculos brancos" ou glóbulos brancos sanguíneos. (Ei, o leite é branco, não é?) Eles injetaram no paciente zero, de quarenta anos, cerca de 350 mililitros de leite de vaca. De modo surpreendente, o homem pareceu reagir bem. O paciente seguinte também reagiu. Nas cinco vezes subsequentes, porém, todos os pacientes morreram.

Apesar dos resultados negativos, a crença de que o leite representava um substituto eficaz continuou a ser testada. Utilizava-se principalmente leite de vaca, depois leite de cabra e, eventualmente, leite humano, para checar se era mais compatível. A primeira paciente parou de respirar poucos momentos após a injeção de leite humano na sua corrente sanguínea. Felizmente essa prática não foi repetida por muito mais tempo, tendo sido reprovada por volta de 1884. Na virada do século, em 1901, os tipos de sangue foram finalmente descobertos, pondo um fim às transfusões de leite de uma vez por todas.

"Estou morrendo pelo tratamento de muitos médicos."

— Alexandre, o Grande

UM CASO COMPLICADO DE ESPIRROS

Você consegue se imaginar espirrando a cada minuto por mais de dois meses sem parar? Que tal a cada poucos segundos? Em 1966, June Clark, de Miami, com 17 anos, viveu esse cenário aterrorizante. De alguma forma, depois de fazer uma cirurgia nos rins, os espirros começaram do nada e não pararam mais.

Seus médicos ficaram completamente perplexos e tentaram todo tipo de tratamento, desde hipnose até exposição ao infravermelho. Ela só conseguia ter um pouco de paz enquanto dormia, e, para isso, geralmente precisava fazer uso de medicamentos. Finalmente, os médicos tentaram a terapia elétrica — dando um choque nela sempre que espirrava. E funcionou!

Como ficar prenha com isso

Tentar engravidar (ou *não*) é uma luta que a maioria dos casais tem enfrentado desde o início da nossa espécie. Sem as regalias da medicina moderna, durante séculos os médicos e parteiras precisaram se contentar com práticas baseadas no método de tentativa e erro. Para aqueles que estavam desesperados para engravidar (e para não engravidar), e dispostos a tentar qualquer coisa, eram prescritos inúmeros truques e misturas visando realizar seu desejo. Ou, pelo menos, aumentar as esperanças em relação ao seu objetivo. Não tente isto em casa.

Ganhe coragem

Seguindo a infame e antiga teoria "semelhante cura semelhante", trataremos agora a infertilidade de um homem com a mesma coisa que aparentemente a está causando: seus testículos.

Nos anos 1920, o médico russo Serge Voronoff elaborou uma teoria bem louca. Como ele acreditava que a atividade hormonal diminuía com a idade, talvez o aumento da produção hormonal pudesse interromper o envelhecimento (e, portanto, a infertilidade). Para testar sua hipótese, ele fez uma autoexperimentação na qual injetou testículos moídos de cães e cobaias em seus próprios testículos. Nada aconteceu exatamente, mas, por alguma razão, ele acreditou que o experimento tinha valido a pena. Minha mãe sempre me disse que os homens acreditavam no que queriam, e no que os impedia.

Voronoff logo começou a oferecer seus serviços, mas com pequenos "deslizamentos" de testículos de babuíno (porque você não pode exatamente transplantar testículos de babuíno de tamanho normal para os seus, desculpe). O efeito placebo dominava, e a prática decolou, mas se retraiu após alguns anos. No século seguinte, essa moda foi retomada pelo "doutor" John Romulus Brinkley. Não se engane, Brinkley tinha menos qualificações médicas do que o dr. Evil, o vilão dos filmes da franquia *Austin Powers*. Seu diploma foi obtido da Eclectic Medical University, em Kansas City (o nome é esse mesmo).

No entanto, a propaganda — do tipo "Tem certeza de que quer continuar a ser um pneu furado para o sexo?" — insistia que os homens poderiam restaurar sua virilidade com um novo conjunto de testículos unidos aos seus. De que animal você obteria os testículos desta vez, fica a pergunta? Do bode.

Um número embaraçoso de homens se iludiu com essa cura fajuta para a fertilidade. O que aconteceu com os cavalheiros feridos ou prejudicados por terem sido operados por alguém que provavelmente nunca dissecara um sapo? Em uma década, sem surpresas, a popularidade desse tratamento diminuiu, resultando em inúmeros processos judiciais.

Por sua vez, no passado, prescreviam-se, ironicamente, testículos de animais para *evitar a* gravidez. Trota de Salerno, uma das poucas mulheres médicas do século XII, usava uma receita bastante diferente para manter distância da prenhez.

Ela recomendava cortar os testículos de uma doninha macho e soltá-la de volta na natureza. Em seguida, envolviam-se esses testículos em pele de ganso; o paciente deveria usar esse penduricalho ao redor do pescoço. Definitivamente, acho que carregar um par de nozes murchas como pingente obrigaria os caras a evitar qualquer atividade que remotamente levasse à gravidez. Um contraceptivo realmente eficaz! Se fossem testículos humanos masculinos (de preferência do seu ex), então eu diria que se tratava menos de um contraceptivo cruel e mais de um movimento de poder.

Parque temático da fertilidade

No final do século XVII, a eletricidade começava a puxar uma forte corrente no mundo da medicina (desculpe!). Utilizada para uma variedade de "tratamentos" — desde ajudar a eliminar toxinas até reanimar pessoas mortas —, a situação da infertilidade também não escapava de seu alcance.

Outro "médico", chamado James Graham, convenceu seus ricos patronos a apoiar muitos de seus esforços malucos. Ele se tornaria um dos mais notórios charlatões do século XVIII. Um de seus experimentos mais mirabolantes foi o Templo da Saúde e do Hímen. Acho que o nome diz tudo e nem preciso continuar. Sinto que posso parar aqui, certo? *Esse nome.*

Enfim, o Templo da Saúde e do Hímen, inaugurado em Londres em 1780, era, na essência, um parque temático da fertilidade. Era cheio de mulheres vestidas de "deusas", trajando o mínimo possível de roupas, que recitavam versos para o deus Apolo. A atração principal, porém, era o musical "Cama Celestial do Grande Estado", a eletromagnética de Graham. Seu propósito consistia em fornecer vibrações para fazer bebês, "permeando suavemente todo o sistema com uma maré copiosa daquele fogo celestial".

Havia até mesmo um serviço tipo motel, com a opção de uma cama celestial *privada*. Tinha três metros e meio de comprimento por dois e meio de largura, era equilibrada sobre dezenas de pilares de vidro colorido e decorada com grandes pendões carmesim. Perfumes doces eram borrifados sobre o colchão enquanto uma música "instigante" era tocada ao fundo. Por apenas cinquenta libras, os casais podiam usar a cama e tinham a garantia da "concepção imediata". Promessa pesada. Você ficaria chocado ao saber que o lugar faliu poucos anos depois da inauguração.

Contraceptivos diferentões

Hoje, muitas mulheres agradecem aos céus pelo DIU. No antigo Egito, uma forma comum de fazer o controle da natalidade não era outra coisa senão o esterco de crocodilo. As fezes do animal eram deixadas para secar na forma de pedrinhas e depois inseridas na vagina da mulher. Amolecidas pelo calor da temperatura do corpo feminino, criavam um bloqueio para você-sabe-o-quê. Na Índia, sabia-se que as mulheres usavam esterco de elefante para a mesma prática. Você precisa usar o que tem... O problema é explicar ao seu companheiro por que as coisas estão um pouco malcheirosas lá embaixo.

Introduzir ingredientes estranhos *lá* era muito comum nos tempos antigos. Alguns outros contraceptivos incluíam gengibre, suco de tabaco, seiva de árvores, azeite, ghee, suco de limão, metades de limões, algodão, lã e esponjas do mar. Basicamente, toda a sua despensa e o que tinha na gaveta do banheiro. Enfie tudo lá. Ei, antes da pílula nós éramos obrigadas a ser inventivas, não?

Certos ingredientes apresentavam *alguma* base científica, caso do suco de limão e da acácia, que, como sabemos agora, podem atuar como espermicidas. Contudo, muitos outros, especialmente excrementos de animais, eram fedorentos e nada mais.

Ele está todo morto? Ou está quase todo morto?

Nas palavras sábias do personagem de Billy Crystal, Miracle Max, em *A Princesa Prometida*, "Se ele está quase todo morto, eu posso salvá-lo; se ele está todo morto... só há uma coisa que você pode fazer. Vasculhe suas roupas e procure por alguns trocados".

Então, no passado, como saber se alguém estava todo morto? Se ele tinha verdadeiramente atravessado para o outro lado? Se ele não estava apenas em um estado temporário de morte, e acordaria de novo em pouco tempo? Nos séculos XVII e XVIII, havia um pânico da população em geral de ser enterrada viva acidentalmente (chama-se tafofobia, a propósito). Depois de tantas histórias circulando a respeito desse tipo de evento, não é de admirar.

Em 1740, o anatomista francês Jacques Bénigne Winslow escreveu que "o início da putrefação era o único indicador confiável de que o sujeito tinha morrido". Assustador, não é? O que isso poderia dizer sobre as pessoas que foram enterradas antes de seus corpos começarem a se decompor? Felizmente, Winslow relacionou algumas medidas de precaução para determinar todas as mortes.

> "As narinas do indivíduo devem ser irritadas pela introdução de ferramentas capazes de provocar o espirro, sucos de cebola, alho e rábano... As gengivas devem ser esfregadas com alho, e a pele estimulada deliberadamente por chicotes e urtigas [uma planta que causa muita comichão]. Os intestinos podem ser provocados pelos enemas picantes, os membros agitados por puxões violentos e as orelhas irritadas por gritos hediondos e ruídos excessivos. Vinagre e sal devem ser derramados na boca do cadáver e, onde não podem ser ingeridos, é costume despejar urina morna, que vem produzindo bons efeitos."

Se tudo isso falhasse, você poderia fazer ranhuras nas plantas dos pés, enfiar agulhas debaixo das unhas e até mesmo colocar um lírio-tocha no ânus (isso está ficando pervertido).

Medidas pré-oficiais

Em resposta às histórias de horror de indivíduos sendo enterrados vivos, alguns inventores desenvolveram caixões especiais inovadores e elaborados que permitiam à pessoa pedir ajuda lá de dentro se, por acaso, *não* estivesse realmente morta. Um desses inventores, John Krichbaum, patenteou em dezembro de 1882 seu invento de nome bastante prático, "Dispositivo de Indicação de Vida em Pessoas Enterradas". Para o caso de existir "dúvida quanto a estar a pessoa em transe", haveria um cano em forma de T dentro do caixão, e as mãos da pessoa descansariam em ambas as extremidades do T. Saindo do cano, existiria uma tubulação que chegaria ao solo por cima. Se a pessoa estivesse viva, quando acordasse, suas mãos agitariam o cano em T, sobre o qual estariam postadas. Por meio de rotação cruzada e de alguns outros mecanismos complicados, seria detectado acima, no mostrador da invenção, que o cano fora agitado. Se a pessoa "fizesse qualquer movimento mais violento", o artefato então *giraria*. Isso abriria a tubulação, para que o ar pudesse descer até que chegasse ajuda. A fim de evitar a entrada de chuva ou água na tubulação com o passar do tempo, ela e o mostrador poderiam ser recobertos por vidro, para que os que estavam em cima pudessem monitorar o status do enterrado.

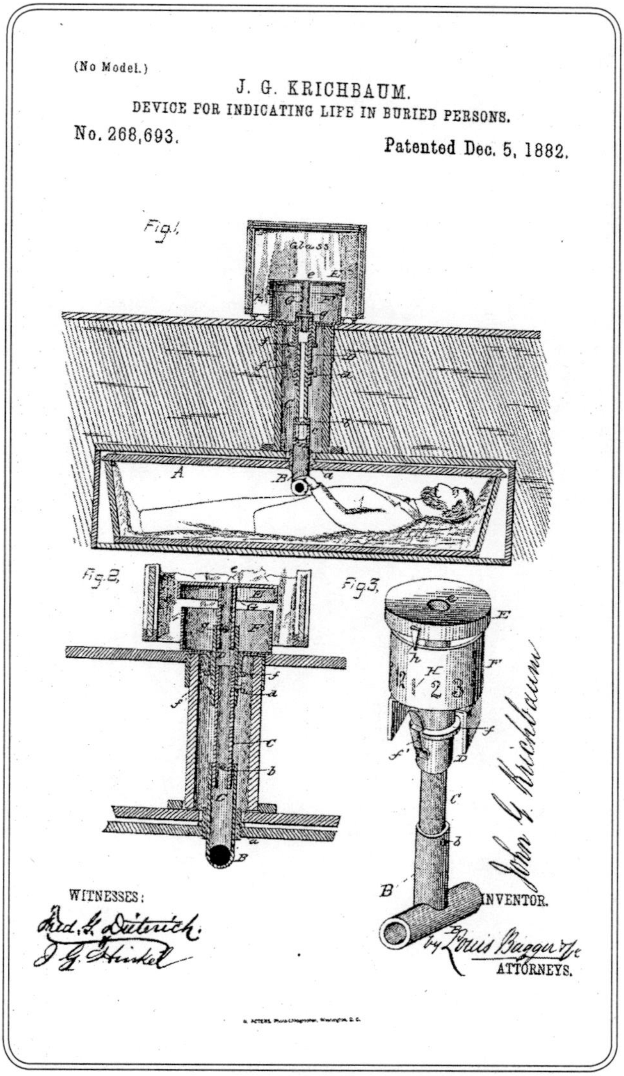
(No Model.)
J. G. KRICHBAUM.
DEVICE FOR INDICATING LIFE IN BURIED PERSONS.
No. 268,693.
Patented Dec. 5, 1882.
Fig. 1.
Fig. 2.
Fig. 3.
WITNESSES:
INVENTOR.
ATTORNEYS.

Esse era apenas um tipo de caixão inteligente que vinha com uma espécie de seguro de vida real. Outro, inventado em 1868, contava com uma campainha e uma escada. Acima do chão, havia um sino com uma corda presa a ele, que conduzia para dentro do caixão, sendo amarrada ao redor da mão do falecido. Se houvesse algum movimento, as pessoas seriam alertadas imediatamente pelos sinos. Esperançosamente, alguém estaria por perto para ouvi-los. Não são muitos os que passeiam por cemitérios em seu tempo livre, a menos que sejam turistas cemiteriais (um hobby ao mesmo tempo macabro e bacana, por sinal). Mesmo assim, foi uma boa invenção para essa verdadeira fobia médica. Aliás, falando em boas invenções... Parece que está na hora de sair do mundo da medicina e explorar o mundo das invenções malucas que visam nos agradar e (para alguns) nos fazer gargalhar de alegria...

Nós inventamos isso?

INVENÇÕES SURPREENDENTES E MALUCAS

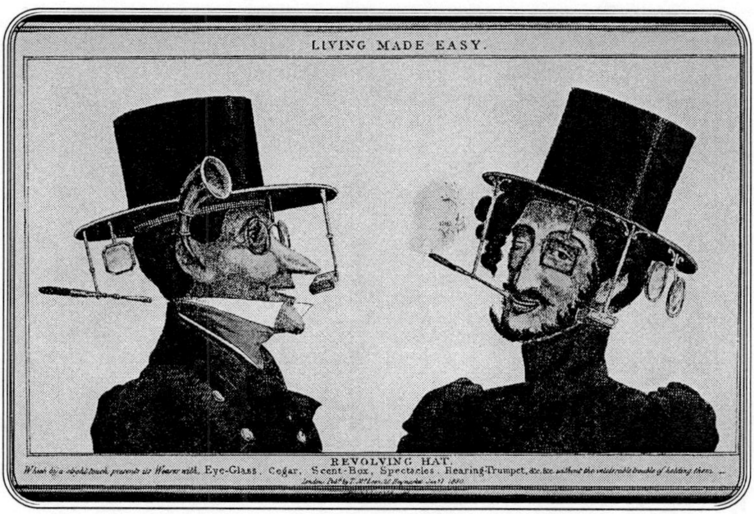

"Muitas vezes descobrimos o que faremos descobrindo o que não faremos; e provavelmente aquele que nunca cometeu um erro nunca fez uma descoberta."

— Samuel Smile, *Self Help*, 1859

Os pioneiros da invenção

Neste capítulo, você descobrirá de verdade por que não há limites para a nossa imaginação. Se podemos sonhar, podemos alcançar. Se podemos imaginar, podemos inventar. Se alguém consegue imaginar uma cartola que carrega nossos cigarros, música, óculos e perfume de uma só vez... ela pode ser criada. Se alguém imagina uma roda de surfe para humanos no mesmo estilo de uma roda de hamster, ela pode ser inventada. Ou, pelo menos, patenteada!

Algumas invenções, embora patenteadas, nunca viram a luz do dia. Outras foram os primeiros modelos para muitas conveniências de que desfrutamos hoje. Você sabia que a esteira ergométrica foi originalmente inventada como um dispositivo de tortura? Bem, se você já usou uma, tenho certeza de que percebeu que esse era o seu propósito o tempo todo. Você sabia que os patins originalmente pareciam pequenas bicicletas para os pés? Todas as invenções enfrentaram seus estágios embaraçosos de aparelho ortodôntico e espinhas.

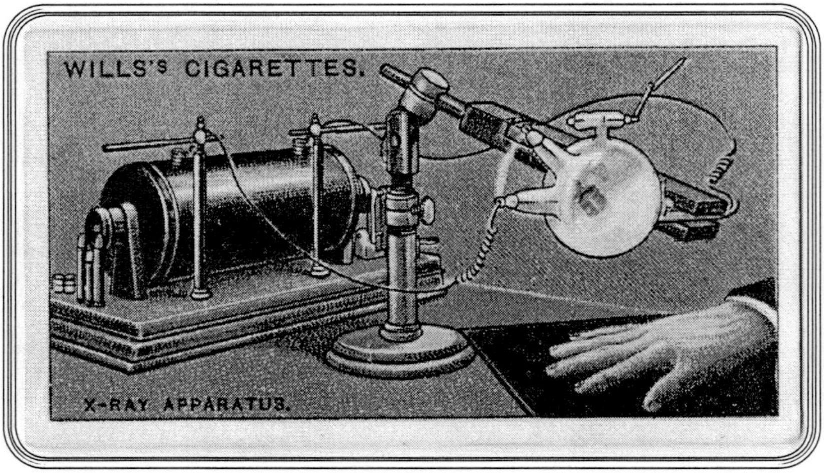

Gravura de uma antiga máquina de raios X, descoberta acidentalmente em 1895 por Wilhelm Conrad Röntgen.

O engenho humano é infinito, e nossa mente continua a romper os limites da lógica. Um teclado e um mouse instalados em uma calça jeans para ajudar os preguiçosos demais a carregá-los por aí? Sim. Uma tesoura especificamente desenhada para cortar e servir pizza? Sim. Nosso brilho não desapareceu com os anos. Mas, por um momento, olharemos para os lances geniais do passado.

A pistola da ratoeira

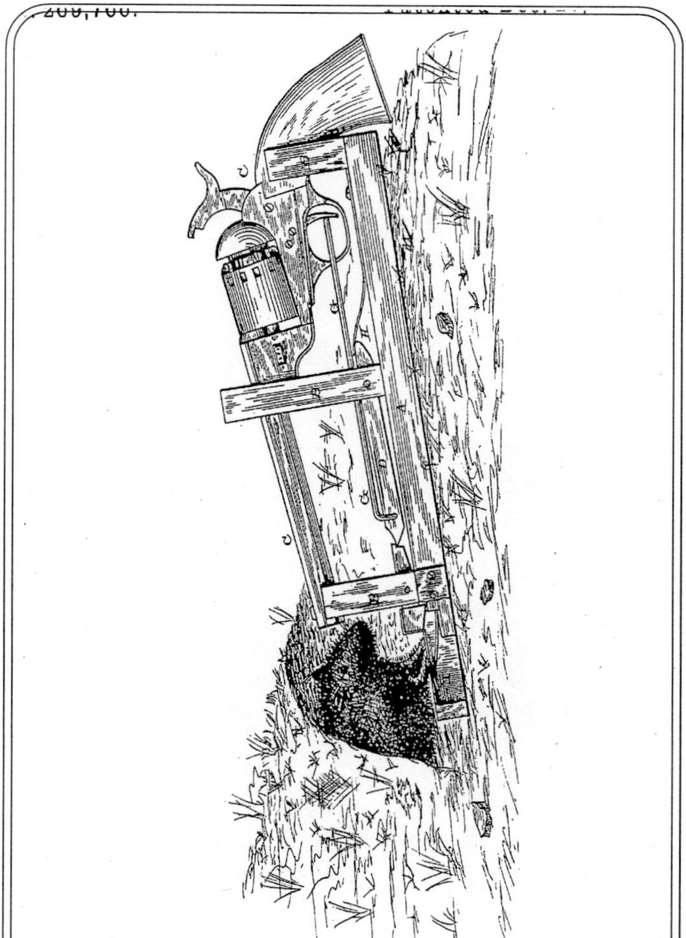

Em 1882, o texano James Williams patenteou uma invenção que ele humildemente intitulou "armadilha para animais". Seu propósito foi alegremente anunciado: "fornecer um meio pelo qual os animais que costumam escavar o chão possam ser destruídos" — com uma pistola. Na mecânica da armadilha, Williams usou um sistema simples, mas delicadamente arranjado, que dependia da pressão do rato (muito parecido com as armadilhas de hoje) para que o tiro fosse disparado. Uma vez que o rato pisasse na prancha ou no "pedal", uma alavanca seria forçada para dentro de um pequeno poste que pressionava o gatilho. Em poucas palavras, foi mais uma ratoeira que se juntou à multidão.

Você deve estar se perguntando como exatamente ele teve essa ideia. Bem, *havia* uma invenção similar na época, mas que era usada como alarme de arrombamento, ligada à porta ou à janela da frente. Williams deixou claro que sua armadilha também poderia ser usada para esse fim, embora a mecânica de seu alarme fosse muito diferente (ou seja, "não roubei a ideia deles").

Embora sua invenção possa ser *uma forma agressiva* de lidar com o problema dos ratos, Williams afirmou que ela contava com o benefício de fornecer, bem, o *alarme*. Ele avisou que o rato era pego (destruído, obliterado, dá no mesmo) e então a armadilha precisava ser reiniciada. Felizmente, cerca de uma década depois, a ratoeira que conhecemos hoje foi inventada. Ufa. Eu odiaria ter esbarrado em uma ratoeira como essa por acidente — acho que meu pé não teria se recuperado.

A PRIMEIRA PATENTE

A primeira patente dos EUA foi concedida a um homem da Filadélfia, Samuel Hopkins, em 1790, pelo (tum-tum!) próprio presidente George Washington. A patente era de sua receita única de "potassa" — um ingrediente usado em fertilizantes. Não se trata da invenção mais emocionante, devemos admitir. Embora definitivamente tenha semeado o caminho para as milhões de patentes que temos hoje. (Desculpe.)

"Nossas invenções espelham nossos desejos secretos."

— Lawrence Durrell

O cofre inafundável

Esta parte está menos ligada a uma invenção louca, e mais a um *inventor* louco — mas não são todos assim? Em 1915, dois amigos italianos, Menotti Nanni e Giuseppe Bertolini, inventaram o cofre inafundável.

Apenas alguns anos após o naufrágio do Titanic, apostava-se que "inafundável" não era um bom termo para se usar em relações-públicas. Mas é possível que os dois inventores tenham sido inspirados exatamente por essa tragédia, que, sem dúvida, fez muitos perderem seus pertences para o fundo do mar.

Com isso em mente, esses dois inventores italianos criaram um grande cofre em forma de pílula, feito de um material "sólido como concreto, mas leve como cortiça" incorporado ao seu invólucro para fazê-lo flutuar, e dotado de uma porta hermética para evitar vazamentos. Menotti Nanni alegava que era "absolutamente à prova de roubo e de fogo e, ainda, impossível de afundar". Ao comprá-lo, os clientes recebiam uma chave, feita sob medida, para usar no pulso. Assim, se o navio afundasse, somente os proprietários poderiam abrir seu cofre. Alternativamente (e de maneira mórbida), se o passageiro se afogasse, a chave no pulso serviria como um meio de identificação.

Chegando agora à parte maluca, em um dia de sol em Nova York, no ano de 1915, Nanni decidiu testar a invenção. À beira do porto, no Battery Park, Nanni se trancou dentro do cofre e, com a ajuda de amigos, foi jogado na água para afundar. E afundou. Mas, então, após um minuto cheio de tensão, o cofre com Nanni dentro foi emergindo lenta e vitoriosamente à superfície.

Testemunhas e colaboradores se reúnem em torno do barco que levou Nanni para o porto de Battery Park, em Nova York.

Nesta foto, você pode ver o cofre de Nanni e Bertolini emergindo lentamente.

Um barco a remo então se apressou para libertá-lo de sua caixa de aço, e Nanni apareceu, vitorioso. Em meio à comemoração e ao agitar da bandeira que se seguiram, a foto a seguir foi capturada. Se você a visse sem nenhum contexto, poderia parecer que o homem estava a bordo de um minissubmarino. Era assim que parecia o cofre para um adulto grande. A imagem congela no tempo com Nanni e companhia balançando as bandeiras norte-americana e italiana e desfrutando do sucesso após uma missão tão arriscada.

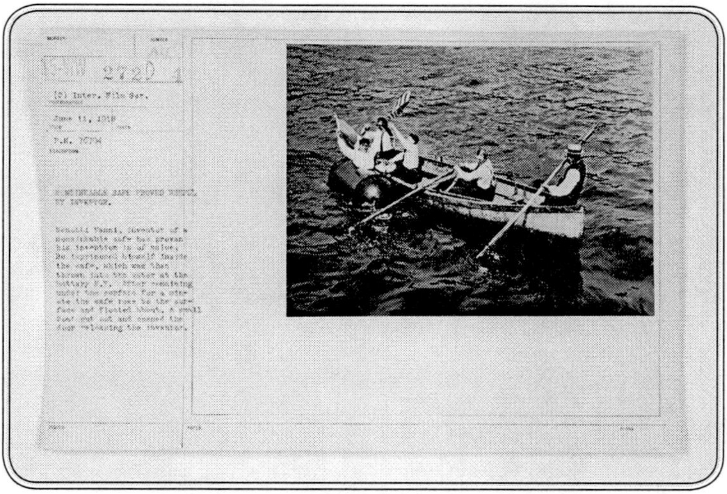

Nanni na água, logo depois de emergir, provando o sucesso e o valor de sua invenção.

Se pudéssemos tirar um momento para simplesmente imaginar a ousadia necessária para Nanni se trancar em um cofre de três toneladas de aço e ser jogado em um porto, de seis a nove metros de profundidade, sem saber se conseguiria voltar... Isso sim é um inventor maluco!

A significativa máquina de leituras pequenas

Sou uma leitora ávida. Gosto de livros grandes, não posso mentir. Porém, ao longo da minha trajetória como amante de livros, acho que nunca disse para mim mesma: *gostaria que a fonte deste aqui fosse menor.* Mas parece que alguém o fez!

No início dos anos 1920, o Contra-Almirante Bradley Fiske inventou a "Máquina de Leitura de Fiske", que muitos disseram que seria a "próxima grande novidade" no mundo dos livros. Esse dispositivo de metal portátil poderia conter um livro inteiro, impresso em letras pequeninas, em apenas alguns cartões. Os cartões seriam inseridos na máquina, e os leitores olhariam para eles com a ajuda de uma lupa para conseguir ler. Enquanto estou ficando com dor de cabeça só de pensar nisso, de fato essa interessante invenção trouxe alguns benefícios:

- É compacta e fácil de transportar.
- Não é necessário quase nenhum espaço para armazenar os livros.

- Tem baixo custo de impressão, portanto poderia ser vendida a editoras a apenas quatro centavos de dólar (e a clientes por pouco dinheiro!).
- Disponibiliza o conhecimento para qualquer pessoa: em razão dos preços mais baixos, mesmo indivíduos de menor renda podem experimentar o prazer da leitura.
- É ambientalmente sustentável, uma vez que é necessária apenas uma fração do papel usado para a produção dos livros normais.
- Óculos de qualquer tipo são dispensáveis!

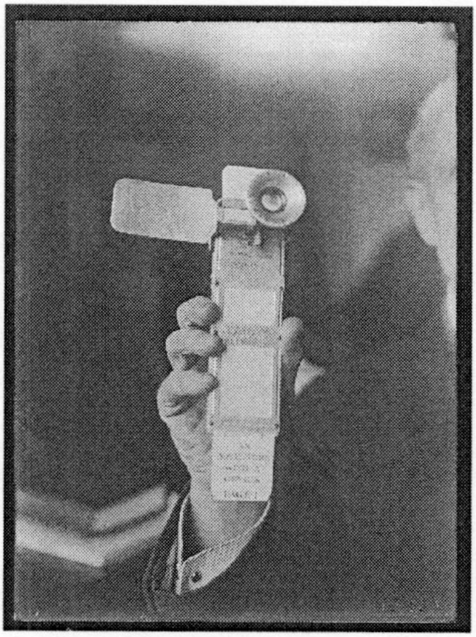

Fiske demonstra um cartão dos dois primeiros volumes de *A viagem dos inocentes*, de Mark Twain.

Apesar de todos os benefícios e de toda a atenção que recebeu, a máquina nunca chegou a ser produzida em massa. Ela provocou, no entanto, uma revolução nos formatos micromídia, como a microfotografia, que existe até hoje. Se você deseja ver um protótipo original dessa pequena máquina de leitura, pode encontrá-la atualmente no Museu e Biblioteca Rosenbach, na Filadélfia. Por falar em bibliotecas... se você quiser experimentar a maioria dos benefícios dessa invenção, basta visitar a que existe aí no seu bairro!

A luz no fim do sanitário

Levantar no meio da noite para fazer xixi é uma tarefa perigosa — repleta de quinas de móveis que aparecem do nada, à espera de ferir os dedos dos pés descalços, paredes duras que ficam mais próximas do que durante o dia e um vaso sanitário de porcelana completamente aberto, que pode, ou não, estar com a tampa levantada. Você tem duas opções: acender a luz flamejante e padecer em uma agonia ocular ou se lançar aos tropeços pela perigosa escuridão.

Nas palavras mais humildes da inventora Brooke Pattee, você está "diante da escolha desagradável de usar o banheiro com pouca ou muita luz". Pattee provavelmente se cansou de precisar escolher, já que, em 1993, patenteou sua luz de aterrissagem no banheiro. Um farol de esperança para bexigas cheias em todos os lugares. Um farol na escuridão da meia-noite. Parando agora.

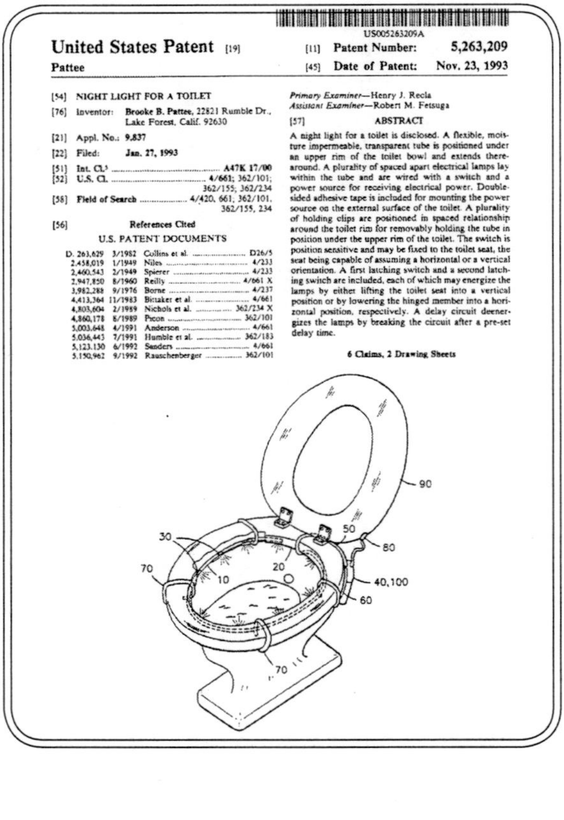

US005263209A

United States Patent [19]
Pattee

[11] **Patent Number: 5,263,209**
[45] **Date of Patent: Nov. 23, 1993**

[54] NIGHT LIGHT FOR A TOILET

[76] Inventor: **Brooke B. Pattee**, 22821 Rumble Dr., Lake Forest, Calif. 92630

[21] Appl. No.: **9,837**

[22] Filed: **Jan. 27, 1993**

[51] **Int. Cl.**[5] **A47K 17/00**

[52] **U.S. Cl.** **4/661**; 362/101; 362/155; 362/234

[58] **Field of Search** 4/420, 661; 362/101, 362/155, 234

[56] **References Cited**

U.S. PATENT DOCUMENTS

D. 263,629	3/1982	Collins et al.	D26/5
2,458,019	1/1949	Niles	4/233
2,460,543	2/1949	Spierer	4/233
2,947,850	8/1960	Reilly	4/661 X
3,982,288	9/1976	Borne	4/237
4,413,364	11/1983	Bittaker et al.	4/661
4,803,604	2/1989	Nichols et al.	362/234 X
4,860,178	8/1989	Picon	362/101
5,003,648	4/1991	Anderson	4/661
5,036,443	7/1991	Humble et al.	362/183
5,123,130	6/1992	Sanders	4/661
5,150,962	9/1992	Rauschenberger	362/101

Primary Examiner—Henry J. Recla
Assistant Examiner—Robert M. Fetsuga

[57] ABSTRACT

A night light for a toilet is disclosed. A flexible, moisture impermeable, transparent tube is positioned under an upper rim of the toilet bowl and extends therearound. A plurality of spaced apart electrical lamps lay within the tube and are wired with a switch and a power source for receiving electrical power. Double-sided adhesive tape is included for mounting the power source on the external surface of the toilet. A plurality of holding clips are positioned in spaced relationship around the toilet rim for removably holding the tube in position under the upper rim of the toilet. The switch is position sensitive and may be fixed to the toilet seat, the seat being capable of assuming a horizontal or a vertical orientation. A first latching switch and a second latching switch are included, each of which may energize the lamps by either lifting the toilet seat into a vertical position or by lowering the hinged member into a horizontal position, respectively. A delay circuit deenergizes the lamps by breaking the circuit after a pre-set delay time.

6 Claims, 2 Drawing Sheets

Essa luz de vaso sanitário era feita de um "tubo flexível, impermeável à umidade, transparente [e] posicionado sob a borda superior do vaso sanitário e estendido ao redor do vaso". Era ativada pelo movimento, de modo que, com a aproximação, um dispositivo se acendia. Quase como uma luz noturna... Outras patentes ao longo dos anos procuraram criar algo desse tipo, mas todas falharam. Segundo Pattee, não preenchiam a "necessidade de uma luz noturna de vaso sanitário fácil de instalar, fácil de usar e fácil de limpar". E Pattee o fez.

Sua invenção não foi muito grandiosa, mas variações dela têm sido colocadas no mercado ao longo dos anos, incluindo uma colorida que faz seu vaso sanitário parecer uma boate realmente badalada. Já fiz o meu pedido.

Isso está me cheirando a invenção

Escritores escrevem coisas. Inventores inventam coisas. Mas, de vez em quando... inventores inventam coisas sobre as quais os escritores escrevem. Ou talvez... *preveem*.

Na verdade, muitos dos avanços mais ousados nasceram de histórias. Contos ficcionais criados com o objetivo de chocar, entreter e, às vezes, advertir o mundo. Pense em *1984*, *Admirável mundo novo* ou *Blade Runner*. Avanços como clonagem, inteligência artificial e concepções em laboratório — muitas dessas possibilidades foram originalmente imaginadas na ficção e, depois, trazidas à vida pelos inventores. A vida imitando a arte. Ou, mais apropriadamente, a vida inspirada pela arte.

Menciono isso porque há uma invenção que pessoalmente acredito que tenha sido inspirada por uma cena de um dos meus romances favoritos. No livro distópico *Admirável mundo novo*, de Aldous Huxley, os dois personagens principais saem em um encontro rumo ao Cinema Sensível, o nome dado a um local onde você pode sentir, cheirar e saborear todas as sensações dos personagens principais. O cheiro de uma rua da cidade, o vento no rosto e até mesmo o toque sexual. Esse romance foi publicado em 1932.

Menos de trinta anos depois, em 1960, o osmólogo Hans Laube e o diretor Mike Todd Jr. inventaram o Smell-O-Vision ("cheiro-visão"). Tratava-se de uma invenção para os cinemas que lançava odores em certos momentos durante o filme — fazendo as pessoas realmente sentirem o cheiro do que estava acontecendo. O mais legal era que os cheiros eram parte integrante do enredo e das nuances da história. Os inventores tinham grandes esperanças de que o artefato se tornaria um fenômeno.

Infelizmente, o primeiro, e único, filme a usar essa tecnologia foi *Scent of Mystery* ("Perfume do mistério"), de 1960, um thriller baseado no romance de 1947 *Ghost of a Chance* ("Fantasma de uma chance"), de Kelley Roos. Ao longo das duas horas da produção, trinta cheiros diferentes eram bombeados pelo cinema, impulsionados pela trilha sonora. Os odores davam aos espectadores ("cheiradores"?) dicas sobre o enredo ou simplesmente os deixavam experimentar outros detalhes, como o perfume de um barril de vinho sendo derramado. Quando o líquido escorria, um potente odor de uva era liberado. Os efeitos odoríferos incluíam a fumaça de um cachimbo, que dava uma pista de quem era o vilão.

O experimento original não funcionou como esperado, principalmente em razão das dificuldades técnicas. Ou os aromas eram bombeados na hora errada, ou pouco detectáveis, ou fortes demais. O filme se tornou um fracasso rapidamente. Mas é preciso admitir que a Smell-O--Vision foi uma experiência promissora, mesmo não sendo tão perfumada quanto o planejado...

Cães do mar profundo

Se você já desejou poder levar seu melhor amigo canino para todos os lugares (incluindo um mergulho profundo), não está sozinho. O nativo da Flórida Dwayne Folsom carregava sua companheira peluda, Shadow, *para todos os lugares*. Porém, quando chegou a hora de a cadela o acompanhar embaixo d'água, ele paralisou. Quando Folsom mergulhava, ela pulava do barco e tentava seguir seu rastro de bolhas. Nadava cachorrinho em fila com o dono. Mas ele odiava não poder levá-la para o fundo com ele e, então, procurou uma solução.

Em 1997, Folsom solicitou uma patente que chamou de "Aparelho de Mergulho Canino". Ele adaptou um regulador de mergulho humano para servir em Shadow e fixou nele um capacete esférico, tipo um daqueles de astronauta. A abertura do capacete foi forrada com um tecido de material resistente à água, que tanto selou o capacete quanto serviu de almofada para o pescoço da cachorrinha. Além disso, Folsom instalou um sistema de intercomunicação para que pudesse interagir com ela.

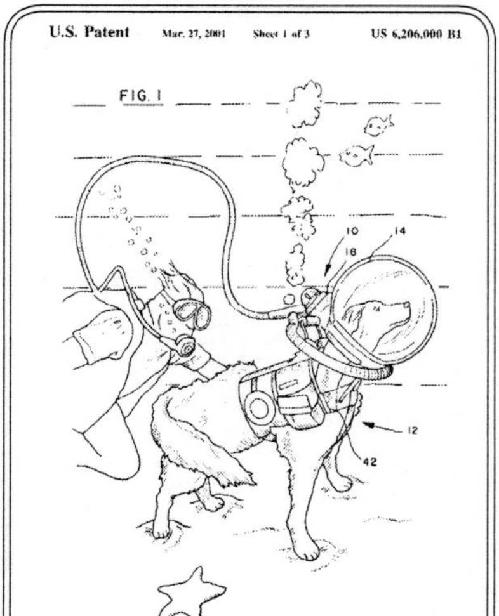

Desde o depósito de sua patente original, foram feitas várias modificações no dispositivo, e, a partir de então, pelo menos trinta mergulhos foram registrados em nome de Shadow — um número provavelmente muito maior no momento em que este texto está sendo redigido. Temos um inventor engenhoso e uma cachorra aventureira!

O relógio de aquário

Quem diria que verificar a hora no relógio poderia ser tão chato? Adicione alguma emoção a esse gesto rotineiro com o "Relógio de Aquário", patenteado em julho de 2002 por Harold Von Braunhut. Essa invenção é exatamente o que parece: um aquário muito pequeno preso a um relógio. O usuário pode ver as horas e, ao mesmo tempo, desfrutar de uma pequenina vida aquática vagando pelo seu pulso.

O motivo da invenção de Von Braunhut é puro prazer. Ter um aquário cheio de criaturas em casa é adorável e tudo mais, mas você não pode exatamente aproveitá-lo enquanto está na escola ou em outros lugares, certo? Então, em vez de olhar para o seu relógio de pulso mundano e não aquático, contando as horas e impacientemente se perguntando quanto tempo falta para finalmente ir para casa e apreciar seus peixes... por que não levar seu aquário com você aonde quer que vá? Nas próprias palavras de Von Braunhut:

> *"Há necessidade, portanto, de um meio que permita que os amantes dos peixes e afins desfrutem da companhia de seus amigos aquáticos '24 horas por dia', por assim dizer".*

Como colocar criaturas tão pequenas em uma cúpula aproximadamente menor que uma bola de golfe? Um *kit* de vida marinha é fornecido com o produto, que contém outra de suas invenções, a chamada "Maravilhosos Macacos do Mar", uma espécie variante de camarão pequenino (as artêmias) que vem em ovos do tamanho de formigas e eclode logo após o contato com a água. O próprio aquário é destacável e vem com um plugue, a fim de se conectar com a vida marinha, alimentá-la e regular o meio ambiente — como se fosse um aquário normal de peixes.

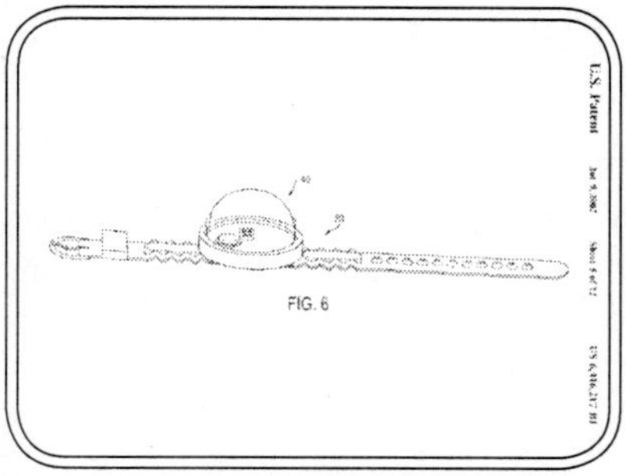

FIG. 6

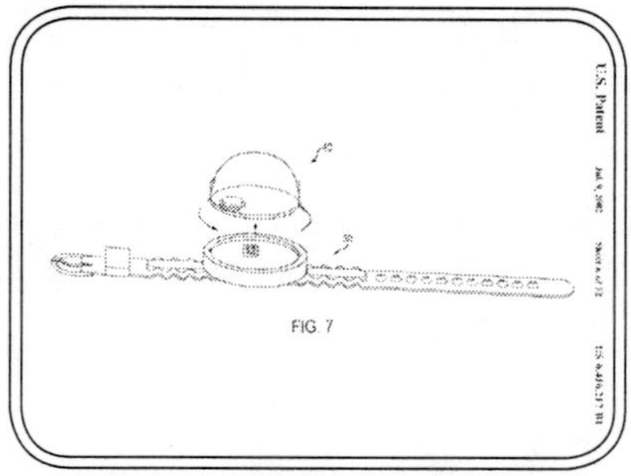

FIG. 7

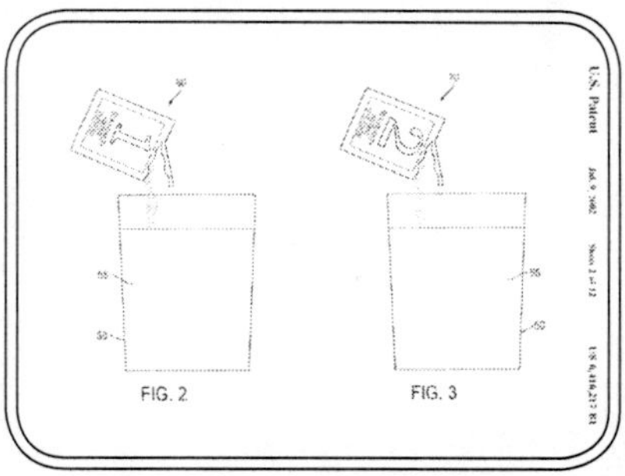

FIG. 2 FIG. 3

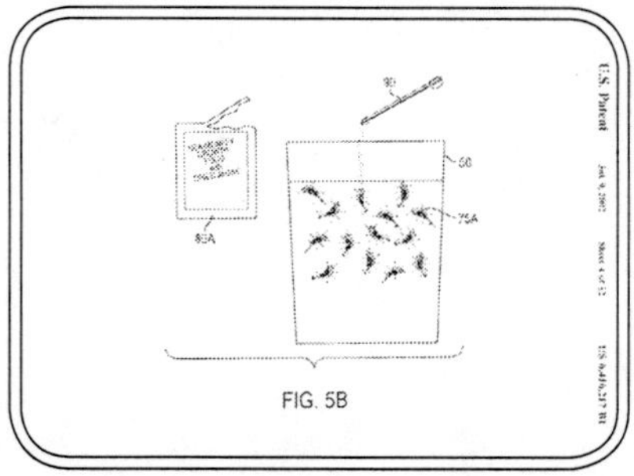

FIG. 5B

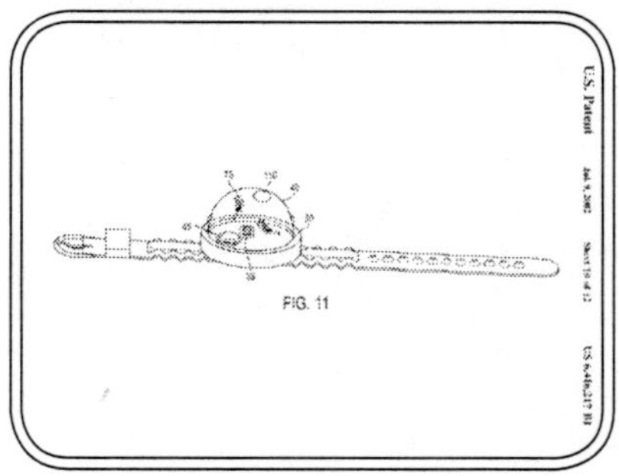

FIG. 11

A coleira para cobras

De todas as criaturas que eu escolheria para dar uma volta pelo quarteirão, uma cobra não estaria no topo da lista. Porém, acho que qualquer um que tenha quatro nomes na certidão de nascimento é obrigado a ter certa imaginação. É o caso, de fato, de Donald Robert Martin Boys. Em 2002, Boys inventou uma coleira para cobras com guia ajustável, com o propósito de caminhar com a sua serpente de estimação. Ou, no caso dela, deslizar.

Boys achava lamentável que a maioria dos donos de cobras não conseguisse passear com seus pets por medo de eles escaparem. Então, era provável que a maior parte das serpentes de estimação raramente fosse exposta à luz solar natural por tempo suficiente, o que era ruim para sua pele e saúde em geral. A invenção visava remediar essa situação.

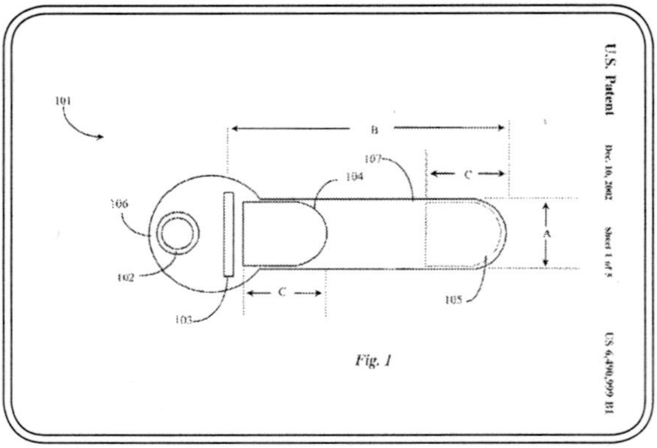

Fig. 1

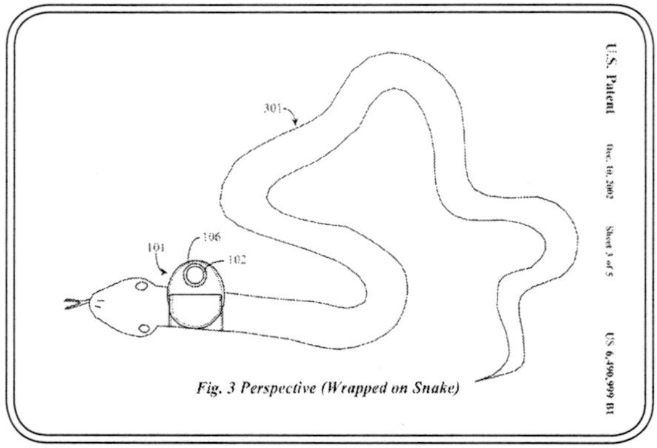

Fig. 3 Perspective (Wrapped on Snake)

A coleira se enrolava sozinha em torno de onde mais ou menos fica o "pescoço" da cobra e era fixada com velcro. Seu principal atributo de venda referia-se à ajustabilidade.

Obviamente, as cobras não têm nenhum apêndice, que normalmente serviria para manter a coleira no lugar. Além disso, a forma desses animais está sempre mudando, com a comida, o crescimento, o fato de serem cobras e tudo mais. A invenção de Boys permitia que a serpente se movesse livremente enquanto permanecia amarrada.

A guia, na verdade, era mais uma haste para manter a distância e possibilitar que o proprietário tivesse mais controle quanto à direção. Boys se referiu a ela como uma "vara de cobra". Na ponta havia um gancho para prender à coleira, que você poderia colocar antes ou depois de inseri-la na sua serpente. Depois disso, era só deslizar!

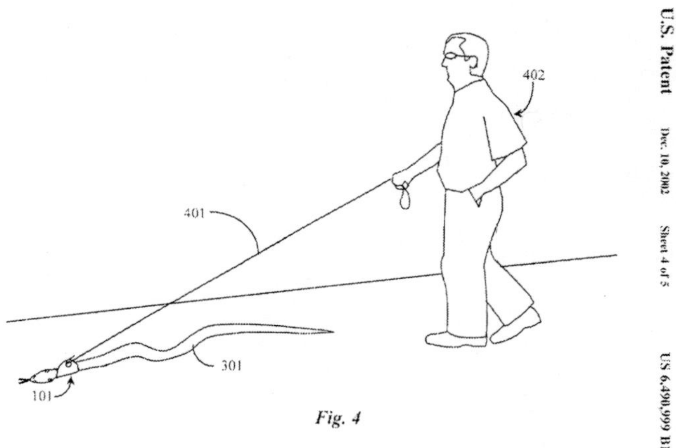

Fig. 4

Saco veicular para inundações

Quando ocorrem furacões ou, às vezes, simplesmente chove forte, as ruas da cidade podem facilmente se transformar em rios lentos, tipo aqueles que existem nos parques de diversão para a gente flutuar e passear. Se você ainda não presenciou esse tipo de situação, é provável que já a tenha visto em algum noticiário. As águas ficam tão altas que chegam a fluir entre os prédios, e as pessoas circulam em barcos enquanto seus carros boiam — as famosas enchentes.

Infelizmente, nossos automóveis são uma das muitas coisas que dão perda total nessas situações. Mesmo que a água não seja responsável pelo estrago, a lama que entra no motor pode facilmente arruinar um veículo para sempre.

Daniel S. Battle, de Nova Orleans, inventou uma maneira de salvar os carros. Em 1980, ele patenteou seu "contêiner de proteção contra enchentes para veículos" — basicamente, um grande saco plástico no qual você deve guardar seu possante. Simples, mas eficaz!

O saco se abre, exibindo linhas claras que direcionam para onde conduzir o carro dentro dele, mais ou menos como as linhas de um estacionamento. Em seguida, você sai do veículo, puxa as laterais do saco sobre ele e o fecha com cordões. Estes permitem que uma pequena quantidade de ar escape, evitando que o saco se encha de ar — e flutue alegremente rumo ao pôr do sol.

U.S. Patent Feb. 16, 1982 4,315,535

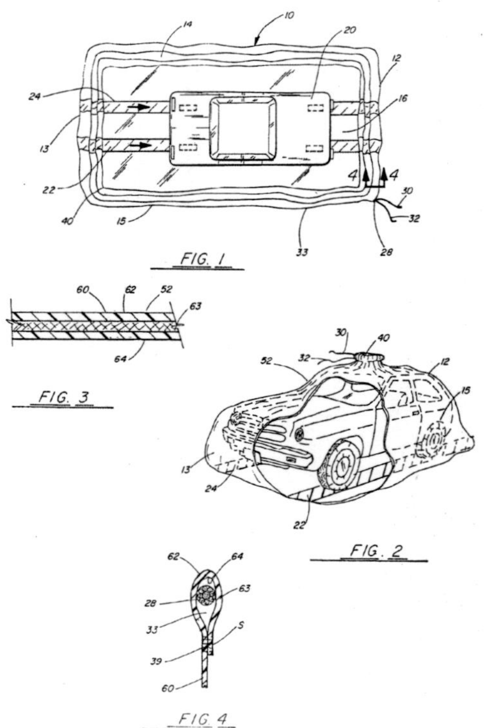

O primeiro quebra-sol veicular

Os automóveis ainda não eram uma realidade quando uma versão inicial (o que acabaria sendo) do quebra-sol foi inventada. Esse anteparo foi originalmente inventado para charretes. Patenteado por L. V. Luce em 1889, o dispositivo podia ser coberto com tecido ou couro, e era fixado por um grampo na capota do "veículo". Na ilustração a seguir, você pode ver uma mulher guiando sua charrete com a ajuda do "quebra-sol" para proteger seus olhos da luz externa. Assim como nos dispositivos modernos, aquele também poderia ser facilmente dobrado e escondido quando não houvesse necessidade de uso. Se tivesse um espelho para checar seu visual, aquela mulher, com certeza, estaria sorrindo.

SUNSHADE FOR VEHICLES.

O escudo de beijo

Esta invenção é uma das mais estranhas que encontrei até agora: o "escudo beijador". Basicamente um preservativo feito para beijar. Deixarei o restante para a sua imaginação por um instante.

O escudo de beijo foi inventado em 1998 para pessoas que adoram beijar (muitas pessoas aleatórias, acho), porém desejam evitar germes e doenças potenciais. Também foi especialmente inventado para "políticos que beijam bebês". Será que eles ainda fazem isso?

Tente não ficar arrepiado ao ler a descrição. Tem a forma de uma espécie de leque, com um cabo longo, e com a parte mais larga em formato de coração — e é feito de "uma membrana fina e flexível". Você o usa colocando a ponta inferior do coração sobre o queixo, quando as lombadas superiores do coração acabam cobrindo suas bochechas. Uma vez enrugado, "o usuário então posiciona o escudo beijador entre seus lábios e os lábios ou a bochecha do indivíduo que ele planeja beijar e beija o receptor pretendido de seu afeto". E o destinatário do seu afeto tentará então não se ofender com esse seu preservativo beijador.

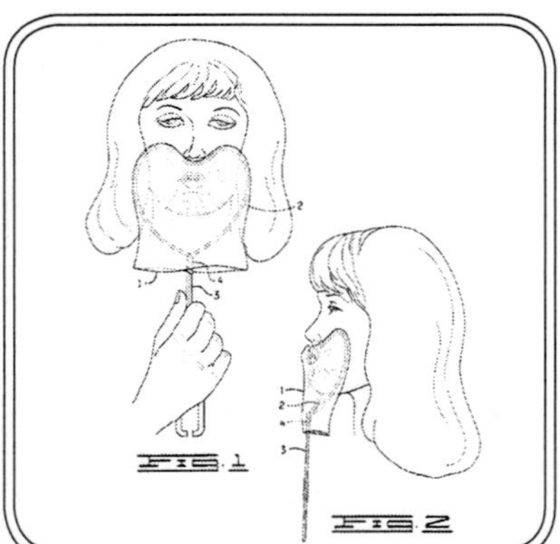

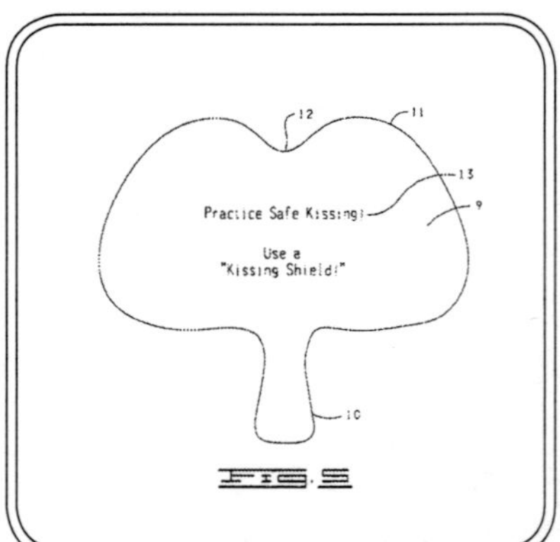

Nós fizemos isso?

DOR E MORTE EM NOME DA BELEZA

"Hoje não há desculpa para uma mulher envelhecer, a menos que ela esteja doente... Se você quer acompanhar este mundo moderno e maravilhoso, deve ser jovem em pensamento, sentimento e aparência... e tudo o que você precisa fazer é estender a mão para receber a recompensa mágica de glamour que a ciência moderna preparou para você."

— Lily Daché, *Glamour Book*, 1956

História perigosamente elegante

Antes que vocês, homens, pulem este capítulo... já aviso que não conseguirão sair dele tão facilmente. Os homens têm se rendido a muitas tendências de moda estranhas através dos tempos. Desde sapatos com pontas de vários centímetros de comprimento até os tipos de bigode... esquisitos. A engenhosidade não conhece fronteiras de gênero.

Na epígrafe deste capítulo, Lily Daché exprime uma opinião muito ousada e (se você me permite) um pouco insana sobre permanecer para sempre jovem e bonita. Embora para o nosso entendimento moderno pareça uma afirmação absurda, também serei ousada e direi que essa opinião ainda está viva — e bem viva.

A diferença é que... hoje simplesmente não é afirmada explicitamente. *Não precisa* ser. Milhares de produtos por aí prometem juventude e perfeição, enquanto cirurgias e maquiagem juram mudar completamente a aparência de uma pessoa e posts em redes sociais estrategicamente produzidos influenciam os ideais e as tendências da beleza. Bem... a filosofia de Lily é abraçada até hoje.

Enquanto há uma gloriosa nova onda de críticos lutando contra o envelhecimento e a vergonha do corpo, desafiando os ideais de beleza, existem também uma indústria e uma cultura em expansão que transbordam pressão tóxica para manter as aparências. E, das muitas e novas invenções e tendências que têm constantemente surgido, espero que rapidamente nos esqueçamos em breve.

Neste capítulo, no entanto, podemos ignorar as pressões e modas atuais e, em vez disso, explorar algumas outras muitas estranhas do passado. Assim, ao vermos pelo que os nossos ancestrais passaram, esperamos ganhar alguma perspectiva. Apesar de essas tendências terem sido deixadas felizmente para trás, será interessante explorar o que você, leitor, pensa daquilo que lerá.

Você sorri e faz uma negativa com a cabeça para os nossos pobres e desesperançados predecessores? Você ri de quão ridículos são? Espero que, daqui a muitos anos, as pessoas no futuro possam chamar a atenção para as *nossas* estranhas tendências de beleza!

"Exercitador de lábios"

Angelina Jolie. Scarlett Johansson. Lana Del Rey. Todos esses exemplos de belezas modernas ostentam lábios cheios e carnudos, algo que a sociedade tem prezado há muito tempo. Esse visual sempre foi popular, mas, no início e em meados do século XIX, lábios com aparência de terem sido "picados por uma abelha" eram motivo de ódio se você fosse uma mulher. Como resultado, surgiram muitos métodos para chegar a um visual diferente desse.

O método mais acessível foi praticar a calistenia labial, repetindo palavras começando com a letra "p" ao longo do dia para fortalecer o caráter enrugado dos lábios. O exercício mais popular do "exercitador de lábios" consistia em repetir "pera, pêssego e prismas" com as ocasionais "pepinos", "papel" ou "papa" adicionadas à mistura. Muitas mulheres jovens eram conhecidas por entrar em uma sala com a palavra "prisma" fresca saindo dos lábios.

Em seu fabuloso livro sobre a evolução da beleza, *American Beauty*, a autora Lois Banner revela que os fotógrafos da época até mesmo repreendiam as pessoas a não dizerem "xis" na hora de tirarem a fotografia, e sim para recitar palavras com "p". Também é interessante notar que Elizabeth Cady Stanton disse certa vez que "não se preocupava em oferecer literatura feminista a qualquer mulher que tivesse a expressão 'peras e prismas' em seu rosto". Não que a falta de lábios carnudos fizesse de qualquer uma pessoa uma antifeminista, mas podemos adivinhar que a ativista sabia quais eram as prioridades do seu público.

Lábios saudáveis e cor-de-rosa sempre foram atrativos para a nossa espécie. Através das gerações, você verá que foram muitos os métodos caseiros (estranhos aos olhos ou, talvez, aos lábios de hoje) que temos tentado para conseguir esse visual. Das plantas ao gesso, passando pela gordura animal, ou pior. Podemos nunca entender completamente *por que* queremos o que fazemos, mas não há como negar que os padrões de beleza tendem a ficar marcados em nossas psiques.

Nos anos 1900, uma mulher chamada Marie Montaigne escreveu o livro *How to be Beautiful* e explicou, no capítulo "Beautifying the Mouth" ("Embelezando a boca"), o motivo pelo qual a boca era a principal característica a expressar o caráter de uma mulher. Ela escreveu: "... lábios bonitos são móveis e flexíveis. Não importa o contorno, lábios fixos e apertados nunca são atraentes." Ela, então, descreveu vários métodos para alcançar os lábios perfeitos, desde manter os cantos da boca sempre voltados para cima ao sentir emoções negativas até beliscar as bochechas e rir. Mas não, ela continuou, "o riso constante que belisca os lábios e alinha as bochechas". Deus me livre!

Hoje em dia, perdoamos todo aquele trabalho duro e encontramos diferentes estratégias para melhorar essa parte de nossos rostos, como preenchimento labial, gloss ou batom volumoso e cirurgia plástica. Agora, se você está considerando algumas dessas opções mais permanentes... já sabe! O "exercitador de lábios" é uma alternativa mais barata, e menos arriscada.

Dentre as opções menos arriscadas, em 1924, uma mulher chamada Hazel Montealegre inventou um aparelho que afirmava poder ajudar as mulheres com lábios superiores pequenos a evitar a cirurgia estética. Para conseguir o formato do "arco do cupido", popular em Hollywood na época, seu aparelho ajudava a "remodelar o lábio superior de uma pessoa". O aparelho trabalhava fixando o lábio superior a um sulco ideal em forma de lábio e o mantinha em um alargador, enquanto a parte inferior também era fixada para fora a fim de ganhar ainda mais volume. Acho que seguirei a linha das "peras e prismas" mesmo.

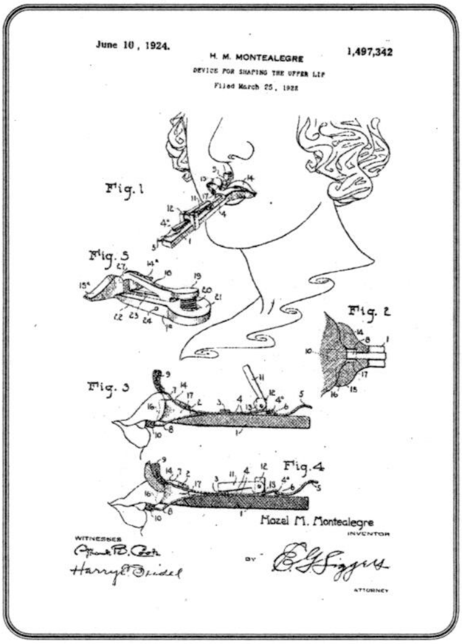

Linda de morrer

Uma gueixa entra em um bar. Uma funcionária da Crest, marca norte-americana de creme dental, está ali sentada, tomando uma cerveja depois de um longo dia de trabalho. Quando a gueixa se senta a alguns bancos de distância, elas se entreolham. Elas sorriem. Elas ficam em choque.

A gueixa tem os dentes pretos, mais escuros que a escuridão profunda.

E a funcionária da Crest tem os dentes tão brancos que as nuvens ficariam ofendidas.

Seus sorrisos esmorecem. Cada uma delas parece confusa.

A gueixa fica com pena da funcionária da Crest, que parece estar passando por algo ruim e precisa de ajuda para afastar os maus espíritos. A gueixa enfia a mão no bolso.

A funcionária da Crest tem pena da gueixa, que parece nunca ter ouvido falar em pasta de dente. Então, também vai em busca da bolsa.

A gueixa retira um frasco de corante de dente preto. E a funcionária da Crest retira uma embalagem da fita clareadora Crest Whitestrips.

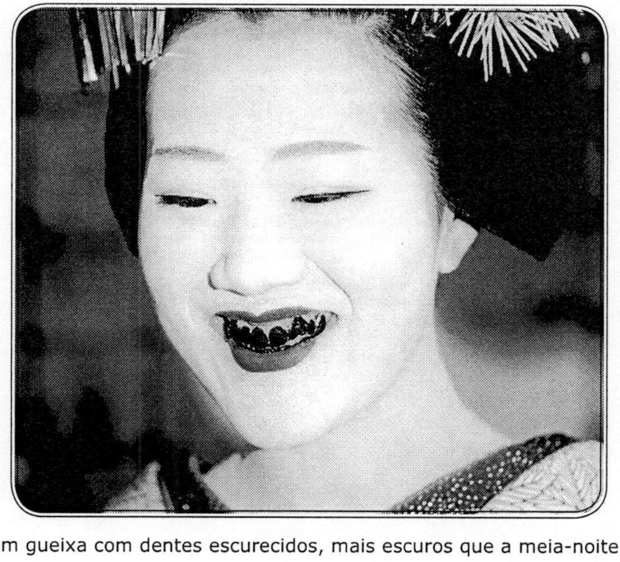

Uma jovem gueixa com dentes escurecidos, mais escuros que a meia-noite sem lua.

Obviamente, não sei contar piadas do tipo "uma pessoa entra em um bar". A gueixa fictícia em questão recorria ao antigo costume de escurecer ou fazer a lacagem dos dentes, que leva o nome de *ohaguro*. Não é algo que se vê com frequência hoje em dia.

Essa prática é comumente ligada ao Japão, mas tem sido realizada em muitas outras partes do mundo, como Vietnã, China e Ilhas do Pacífico, assim como na América do Sul. Não se identifica o momento específico em que começou, mas no Japão o costume é pré-histórico; em outras regiões, sua existência vem sendo notada desde as dinastias Qing e Han (206 a.C.-220 d.C.).

A demografia de quem praticava a lacagem de dentes se diferencia de acordo com a época e a região, mas era praticada principalmente pelas mulheres, e ricas. E acabou ficando associada aos rituais de "amadurecimento" feminino, já que se aplicava a laca por volta da idade em que elas se tornavam elegíveis para o casamento e precisavam atrair possíveis pretendentes. Essas culturas acreditavam que os dentes escurecidos eram um grande sinal de beleza em uma mulher. E qual mulher jovem não gostaria de ser chamada de bela?

Uma jovem de Tonquim, no Vietnã, com dentes escurecidos, por Pierre Dieulefils.

Tingindo e sujando

Como observou Lisa Eldridge em seu livro histórico de maquiagem, *Face Paint*, há alguns "porquês" para essa tradição. No Vietnã, pensava-se em afastar os espíritos malignos "oriundos da crença de que longos dentes brancos pertenciam a criaturas do submundo e animais selvagens, e que pintar os dentes de preto protegeria seu dono dos espíritos malignos". Além disso, surgiu por mais algumas razões práticas.

No auge da popularidade desse costume, lamento dizer que não havia odontologia moderna nem pastas dentais da Crest disponíveis para deixar os dentes mais brancos. Então, quando as gueixas pintavam o rosto de branco, o contraste entre a pele branca e os dentes amarelados se tornava pouco atraente. Assim, elas acabaram se unindo ao lado escuro da força.

O corante usado para conseguir esse visual consistia em uma mistura chamada *kanemizu*, que, curiosamente, ajudava a prevenir a cárie dentária. Era feita pela dissolução de limalha de ferro em vinagre com outros aditivos, como pó de castanha, ácido sulfúrico e, muitas vezes, uma combinação de tinta, aguarrás e cera. Não se trata da mistura mais deliciosa para uma degustação diária. Algumas fontes afirmam que os dentes escurecidos surgiram da mastigação da noz-de-areca, algo não muito preciso, já que essa semente geralmente provoca uma mancha cor de ferrugem, e não preta.

Gravura em madeira mostrando uma jovem escurecendo os dentes (e chocada com os resultados, eu diria).

Essa prática não era tão simples quanto colocar uma fita clareadora nos dentes e esperar cinco minutos. Definitivamente exigia alguma manutenção. A frequência de aplicação do corante variava de uma vez por dia a cada poucos dias, já que acabava desaparecendo na boca — embora não totalmente, aposto: segundo relatos, restos escavados do período Edo (entre os anos 1603 e 1868) ainda tinham os dentes tingidos.

De uma perspectiva ocidental, para nós, que gastamos incontáveis dólares (ou reais) tentando ficar com os dentes *brancos*, essa prática pode parecer confusa e estranha. Porém, tenha em mente que isso foi, e é, parte importante de muitas culturas. Além disso, posso dizer com segurança, muitos costumes ocidentais também não têm sido exatamente lógicos.

Se você viajar para o Vietnã, verá que esse procedimento ainda é adotado em certas áreas. Entretanto, na maioria das regiões, a popularidade desse costume *foi esmaecendo* no final do século XIX, além de ele ter sido oficialmente banido do Japão em 1870. Se você ainda quer conhecer de perto esse costume, mas não pode viajar até o Vietnã, recomendo que mantenha os olhos abertos. Porque você ainda poderá ocasionalmente ver dentes escurecidos... em gueixas, que entram em bares.

Maiô de madeira

Acho que todas as mulheres podem fazer uma oração silenciosa de agradecimento aos deuses dos trajes de banho pelo fato de esta tendência não ter durado muito tempo. Em 1929, os maiôs de madeira eram a última moda, pois se acreditava que facilitavam a natação em razão da flutuabilidade da madeira. Eles foram produzidos pela Gray Harbor Lumber em Hoquiam, Washington, na esperança de que até mesmo a nadadora mais hesitante se sentisse confiante para pular na água. A Gray Harbor já era conhecida pelos lucros que obtinha na indústria madeireira, e os maiôs, por alguma razão, tornaram-se o próximo passo "lógico" em sua linha de produtos.

Os maiôs eram feitos de *spruce* (em português, abeto), o que levou as senhoras das fotos a ganharem o apelido de "The Spruce Girls" (sim, *quase* The Spice Girls, eu sei). O design foi modelado como uma ampulheta, apertada na cintura, com pranchas flexíveis unidas.

As Spruce Girls promovendo seus trajes fashionistas.

Elas não parecem uma girl band perfeita? Como se estivessem prestes a "quebrar tudo" em uma performance de "Wannabe"? As fotos aqui mostradas foram feitas no grande dia de promoção da Gray, quando as senhoras posaram para retratos, concederam entrevistas sobre a peça e se deliciaram com o sol e o mar. Uma gravação mostra um estilista compondo diferentes possibilidades de uso dos maiôs pelo grupo, para demonstrar sua versatilidade.

Em um artigo da *Vintage News*, os maiôs foram descritos como: "simples, baratos e fáceis de fazer, porém modernos e na moda. De certa forma, eles estavam promovendo o "do it yourself" ("faça você mesmo") e reciclando alguns materiais para criar coisas. Em um dos vídeos promocionais, uma menina [explica] que seu pai, depois de terminar a construção de uma casa, tinha um pouco de verniz sobrando. Ela usou esse verniz para fazer seu próprio traje de banho." Supercriativo!

Três das Spruce Girls (nunca me cansarei de dizer isso) segurando um guarda-sol e um pedaço de madeira no formato de um pé.

Aí está: uma das raízes do "faça você mesmo" e do artesanato! Podemos nunca saber se aqueles maiôs eram realmente eficazes e proporcionavam a flutuação prometida, mas acho que não estamos perdendo muito com isso. As primeiras palavras que surgiram na minha cabeça quando vi as fotos? *Lascas em lugares onde lascas não deveriam estar.*

Urina, esterco, veneno, ai, meu Deus!

Pele nítida e macia tem sido um padrão de beleza provavelmente desde que Eva descobriu o primeiro espelho, olhando para uma poça de água. A tez bonita nunca saiu de moda, e posso até mesmo dizer que se trata menos de uma tendência fashion e mais de um padrão de beleza permanente.

Desde a antiguidade, ter imperfeições na pele, como acne, uma coloração pálida ou cicatrizes, era sinônimo de grande azar. Bem, isso ainda é um problema se você está no ensino médio. Em seu livro formativo *The Royal Art of Poison*, Eleanor Herman escreveu que "o aspecto da pele não era simplesmente uma questão de beleza. Manchas de qualquer tipo eram vistas como prova do desagrado de Deus por algum pecado, ou pior, por uma desarmonia interior". O medo da ira celestial é uma força motriz por trás de muitas das nossas crenças (basta esperar até chegar ao próximo capítulo). Tamanho horror por essas imperfeições levou os inventores de cosméticos, e o público feminino em geral, a atitudes bastante constrangedoras. Em poucas palavras: veneno e outros... ingredientes pouco higiênicos.

Aos 29 anos, a rainha Elizabeth I foi atingida pela varíola, que deixou pequenas cicatrizes em toda a sua pele. Para encobrir as marcas, ela usava uma base italiana chamada Venetian ceruse, também conhecida como "os espíritos de Saturno", que continha uma combinação de claras de ovo, vinagre, chumbo e, às vezes, arsênico.

No curto prazo, essa pasta preencheu os buracos e deu à pele da rainha uma aparência branco-prateada. Mas, com o tempo, levou à queda de cabelo, à paralisia muscular e a uma série de outros problemas que provavelmente lhe tiraram alguns anos de vida. Além disso, as toxinas deixaram sua pele ainda mais desgastada do que antes, o que a fez precisar encobri-la *ainda mais* ferozmente — um ciclo negativo que não pôde ser interrompido ao ter se tornado viciante para o corpo.

Pálido é o novo rosado

Chumbo e arsênico são dois dos ingredientes mais populares usados em maquiagem ao longo da história. Até hoje, a quantidade de chumbo permitida em nossos cosméticos ainda não é regulamentada pelo governo (falando aqui dos EUA). *Ai, ai.* O arsênico, felizmente, quase não está mais presente nos produtos comerciais vendidos no mundo. Contudo, em seu apogeu, havia no mercado vários compostos pesados à base de arsênico, prometendo curar toda sorte de problemas, desde sardas e espinhas até dores de cabeça, reumatismo e baixo astral!

No início da década de 1890, por apenas um dólar, você podia comprar uma caixa com 120 "pastilhas de arsênico para a pele" do dr. James P. Campbell. Não muito tempo depois, em 1911, os jornais noticiaram que uma jovem chamada Hildegarde Walton, de St. Louis, estava tão ansiosa para se livrar da acne que consumiu várias caixas dessas pastilhas. Alerta de spoiler... ela morreu pouco tempo depois.

Podemos balançar a cabeça em censura ao uso despreocupado do arsênico pelos nossos antepassados, mas, naquela época, muitos não achavam que era tão ruim assim. E existiam também aqueles para quem o risco valia a pena. Para que não fiquem sem crédito, *havia* resultados. Só que, como no caso da Rainha Elizabeth, eles aconteciam apenas em curto prazo.

Muitas pessoas o usavam não apenas para se livrar da acne, mas também para ter uma pele de porcelana. Bem, elas conseguiram! O arsênico diminuía drasticamente a produção de glóbulos vermelhos, oferecendo uma tez extremamente pálida... porque provocava anemia.

Esta pintura controversa, *Retrato de Madame X*, de John Singer Sargent, mostra uma mulher sensualizando com uma pele cadavérica.

Um anúncio exibido na revista *Cosmopolitan* em 1896 reforça as qualidades do produto ao prometer que ele "daria a tez e o brilho indescritível e emprestaria a cada jovem um charme que a tornaria adorável". Então, aparentemente, isso pode até mesmo mudar sua personalidade. E não está errado — mas não de uma maneira adorável. O uso prolongado de arsênico causava graves mudanças de humor.

Repare que o anúncio fala da modelo usando verbos no passado...

No rótulo da embalagem das "pastilhas de arsênico para a pele" do dr. James P. Campbell, havia uma garantia escrita em letras garrafais: ABSOLUTAMENTE GARANTIDO E SEGURO. Você pode confiar em um médico, afinal, não pode?

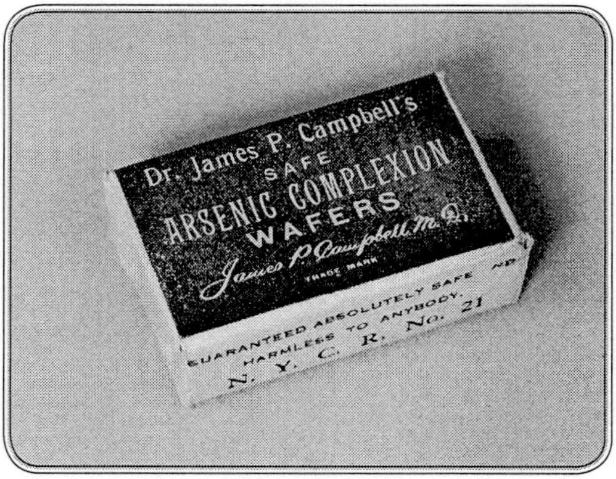

O produto original em toda a sua venenosa glória.

O rosto da beleza

O arsênico tinha muitos amigos obscuros. Outros ingredientes excitantes que você poderia encontrar em remédios para a pele incluíam urina humana ou animal, esterco, gordura, órgãos, sangue... continuo?

Em *The Royal Art of Poison*, Herman revelou: "Algumas mulheres conseguiram preencher os buracos resultantes da varíola com uma mistura de aguarrás, cera de abelha e gordura humana. Onde encontrar gordura humana? Você poderia comprá-la de seu farmacêutico local ou, cortando o intermediário, diretamente do carrasco da cidade, que a retirava de cadáveres ainda quentes de criminosos condenados." Pessoas e animais frescos da lista de mortos eram mercadorias muito valiosas. As senhoras da época da Rainha Elizabeth que desejavam ter uma pele macia eram incitadas a cutucar as feridas abertas dos animais mortos durante as excursões de caça e esfregar as mãos em todas as áreas em que queriam ter a pele mais macia ou curar verrugas.

Uma astuta médica e alquimista do século XVI, Maister Alexis de Piemonte, acreditava devotamente no potencial do esterco. Sua receita para curar espinhas era mais ou menos assim: "No mês de maio, quando os bois, por exemplo, estiverem no pasto, recolha o seu esterco, não muito fresco nem muito seco, e depois o amoleça e o decante em algum vaso, que dará origem a um líquido, sem cheiro ou mau cheiro, que será um verdadeiro achado, para tirar todo tipo de mancha ou deformidade no rosto, se com ele o lavar de manhã e à noite." Lembre-se: somente excremento semifresco.

A boa Maister também recomendava uma mistura de esterco de rato em pó com uma colher cheia de açúcar para esmagá-lo, "para quem está cuspindo sangue por ter tido parte do peito quebrada", a ser tomada antes do café da manhã e antes da hora de dormir. Meus dois momentos favoritos para comer excrementos de ratos.

A urina também foi outro "limpador" antigo. O cirurgião inglês Willian Bullein, do século XVI, prescrevia uma mistura de "água destilada de mel, vinagre forte, leite e a urina de um menino". Fico me perguntando como seria essa conversa — imagine explicar ao seu irmãozinho por que ele precisava fazer xixi em um frasco.

Nossa médica de confiança, Maister Alexis, novamente recomendava: "pegue a terra e a amasse com xixi de cachorro, coloque nas verrugas e elas secarão e cairão." Senhoras e senhores, apresento-lhes a máscara facial de antigamente. Como observou Herman, esse resíduo ainda é utilizado em produtos modernos. Vejamos alguns dos ingredientes que resistiram aos testes do tempo e às medidas sanitárias.

COSMÉTICOS MODERNOS

Ingredientes questionáveis não estão apenas presentes em produtos de épocas passadas, podendo ser encontrados ainda hoje em maquiagens vendidas atualmente no mercado. E não apenas nas marcas populares, mas também nas caras e sofisticadas. Não acha que pode haver ferrugem no seu batom de quarenta dólares? Peço desculpas por ser a portadora das más notícias. E veja só: o batom, o único produto de maquiagem que inadvertidamente acabamos ingerindo. Na lista a seguir, estão ingredientes ainda usados na maquiagem atual e como eles são abreviados no rótulo para que você consiga encontrá-los.

Insetos

O inseto cochonilha tem sido usado para colorir uma variedade de produtos desde a época de Cleópatra. Ele é empregado para dar a cor vermelha ao batom. O pigmento se origina dos corpos esmagados das fêmeas grávidas. Fato engraçado: são necessários cerca de noventa mil insetos para obter apenas um quilo de pó de cochonilha. A cochonilha também aparece em itens como iogurte, suco de fruta, esmalte de unhas e blush. Como procurá-la nos rótulos: carmim, ácido carmínico e extrato de cochonilha. Milhares de outros insetos, como aquele do qual extraímos a laca, são mortos para serem usados em produtos para unhas e cabelos. Como procurar em rótulos: goma-laca.

Ferrugem

Como o pigmento vermelho entra no batom? Se não forem os insetos descritos, usamos ferrugem, ou, às vezes, ambos, no blush, no batom e em outros cosméticos. Como procurá-lo nos rótulos: óxido de ferro ou qualquer número de cinco dígitos, começando por "774", como 77491.

Chumbo e outros metais

Chumbo e companhia são encontrados em produtos como protetor labial, pasta de dente, delineador, protetor solar, colírio e muito mais. Achei interessante o fato de ser tão difícil que consumidores como nós realmente consigamos identificar o chumbo e outros metais nocivos. Não há muitos recursos, a não ser que você se aprofunde, o que me *leva* à conclusão de que a indústria cosmética *não* quer que eles sejam facilmente identificados. Desculpe por estragar o grande esquema. Rótulos para procurar: acetato de chumbo, cromo (metal de transição), timerosal (composto de mercúrio) e calomelano (nome fantasia para mercúrio).

Animais e suas partes

Tudo o que reluz é... de peixe. Escamas em pó têm sido usadas em produtos como sombras, esmaltes e produtos para banho a fim de criar um brilho perolado e cristalino. Rótulos para procurar: guanina e hipoxantina. Um homem chamado Umesh Soni, microbiologista de Mumbai, fundou a empresa de cosméticos Cowpathy, cuja única missão consiste em criar produtos usando esterco de vaca ou "mijo de vaca", mencionados também por Maister Alexis, pois se acredita que tenham propriedades curativas. Rótulos a serem procurados: qualquer coisa Cowpathy. O nome da empresa lembra "company", que significa "corporação, companhia", mas usa, no seu lugar, "cow" ("vaca") e "pathy" (que, em hindi, significa "texto").

Desobstrua o seu busto

Tentando dar um título a esta seção, o meu cérebro "bugou". Quase a batizei de "Turbinando os Seios" . Tive que tirar isso do meu peito. Mas estou divagando. Vamos começar de novo.

Ah, homens. Inventores de saltos altos, sutiãs e tudo aquilo que há de mais desconfortável para as mulheres. A primeira patente com o objetivo claramente declarado de aumentar os seios surgiu em 1889. O pedido foi apresentado por um cavalheiro chamado Harry L. Miller, natural de Chicago, Illinois. O objetivo do "desenvolvedor de seios", escreveu ele, consistia em "preencher tecidos encolhidos e subdesenvolvidos, formando um busto arredondado, roliço, perfeitamente desenvolvido, produzindo uma bela figura".

A engenhoca é uma "cúpula em forma de sino", que, com toda a honestidade, se assemelha a um desentupidor de vaso sanitário extravagante. Assim como os desentupidores, ela tem uma alça reta que se estende para cima e é usada exatamente da mesma maneira. Com exceção do fato de que a única coisa que você está desobstruindo do seu corpo é mais mama.

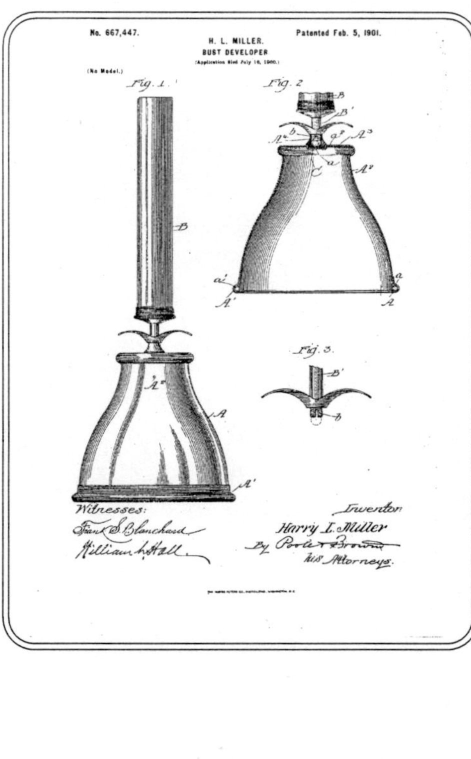

As usuárias são instruídas a colocar a cúpula ao redor "da parte a ser tratada" com firmeza, para que o ar não escape. Depois de colocarem o polegar ou outro dedo sobre a abertura do dispositivo, bloqueando todo o ar, elas o puxam, promovendo a sucção. No final, "o resultado [é] que o suprimento de sangue para as partes a serem tratadas aumenta. A repetição deste tratamento tende a promover um crescimento maior ou ampliar o busto". Uma maneira enfeitada de dizer: "Sim, o que quer que você faça no seu banheiro, faça-o no seu peito!"

Quando anunciada ao público no catálogo da Sears, Roebuck & Co., recebeu um nome mais atraente, The Princess Bust Developer, e foi vendida em um kit com outros dois produtos. Um era um frasco de "Creme ou Comida de Busto" (o próprio nome do produto mostra que são indecisos como eu), e o outro uma mistura líquida chamada Genuine Fleur De Lis Bust Expander ("Expansor genuíno do busto de flor-de-lis") oferecida gratuitamente. O preço? Você poderia conseguir os três pela módica quantia de 1,46 dólar, o que corresponde atualmente a cerca de 41 dólares.

Outra invenção para aumentar os seios foi chamada de bomba de vácuo Lady Bountiful. Embora com design diferente, era usada para o mesmo fim do êmbolo. Uma diferença-chave? Esta era alimentada por água. Em vez de um cabo longo, havia um tubo plástico flexível de alguns metros de comprimento, no formato de um cone que se encaixava sobre o peito. A seguir, algumas instruções específicas para utilizá-lo no seu banheiro, partindo de passos simples:

1. Fixe a unidade de vácuo [ou seja, o tubo longo de plástico] em uma torneira de água fria.
2. Ligue a água com força total.
3. Coloque o copo plástico por cima do peito.
4. Coloque o polegar sobre a pequena abertura perto do copo e segure-o ali até que o vácuo (criado pelo fluxo de água) puxe o peito completamente para dentro do copo plástico.
5. Após o peito ter sido puxado para dentro do copo, solte o polegar de repente e permita que o seio retorne à posição original.

Eu adoraria ver como o chão do banheiro fica inundado depois do primeiro uso.

A loucura de aumentar os seios é um padrão de beleza que não se extinguiu com o passar dos anos. Os métodos apenas se tornaram mais criativos e tecnológicos, sendo a alteração cirúrgica a solução permanente mais popular atualmente.

Antes de terminarmos esta seção, eu queria mencionar um livro refinadamente assustador, escrito nos anos 1970, intitulado, em tradução livre, *Ampliação natural do busto com o poder total da mente: como usar noventa por cento da sua mente para aumentar o tamanho dos seus seios*: ele tenta ensinar suas leitoras a *pensar que* seus seios são maiores. Somente com o poder da mente. Felizmente, não consegui encontrar este livro à venda em nenhum lugar. Pequenas bênçãos. Se por acaso você tiver um exemplar e este método de "poder da mente" funcionar para você... me avise, tá?

A mancha da moda

Gravura de uma jovem usando a marca da beleza,
do artista francês Gilles Edme Petit.

Raramente homens e mulheres assumem as mesmas tendências de moda, mas o caso das *mouches* é especial.

Já consistiu em prática popular, tanto para homens quanto para mulheres, decorar o rosto com uma mancha preta ou, no caso da mulher, fazer uma "marca de beleza". A isso dava-se o nome de *mouche*. Em francês, essa palavra significa "mosca" — o que faz sentido, já que tais marcas de beleza eram pretas e geralmente do mesmo tamanho das moscas. Porém, ainda era comum que as manchas fossem idealizadas em uma variedade de formas, desde corações até luas crescentes, e muito mais.

Hoje em dia, "marca de beleza" ou "ponto de beleza" é um eufemismo para um tipo de marca facial escura de nascença assim chamada por eventualmente ser considerada uma característica atraente. Do ponto de vista médico, essas "marcas de beleza" são, em geral, nevos melanocíticos.

Essa moda remonta à época do poeta romano Ovídio, mas se popularizou com mais intensidade nos séculos XVI e XVII, na França e no Reino Unido, e, novamente, mais tarde, durante o início da era de Hollywood. Era praticada principalmente pela classe mais rica, que podia se dar ao luxo de usar acessórios. As *mouches* podiam ser feitas de seda, veludo, cetim ou tafetá — materiais pouco baratos na época em que a tendência estava no auge. Uma opção para pessoas mais pobres era fazê-las com pele de rato. Existe até mesmo uma rua em Veneza chamada Calle de Moschete onde esses acessórios já foram vendidos.

Fontes sugerem muitas motivações pelas quais esse costume se tornou tão popular para ambos os sexos. Sim, esses remendos eram uma espécie de afirmação de moda, mas também eram usados para fins mais práticos, como para encobrir cicatrizes de varíola, manchas ou quando você estava simplesmente tendo um "dia de pele ruim". Acreditava-se que o contraste e a *força* da marca escura o faziam parecer mais atraente.

Samuel Pepys, um jornalista de meados do século XVII conhecido pelas descrições precisas da vida cotidiana, uma vez dissertou sobre quando sua própria esposa começou a imitar essa tendência. "Minha esposa parecia muito bonita hoje", escreveu ele, "sendo a primeira vez que tinha lhe dado permissão para usar uma mancha preta". Pouco tempo depois, quando estava se recuperando de uma doença, parece que ele mesmo acabou invadindo o *boudoir* dela. Pepys continuou: "levantei-me muito bem novamente, mas minha boca estava muito macia e a minha sensação de frio havia passado, de modo que fui obrigado a usar uma grande mancha preta." Veja, até mesmo o sr. Pepy queria parecer bonito.

À medida que a popularidade dessas "correções" cresceu, elas acabaram se tornando uma forma de mostrar o *status* social — mulheres casadas poderiam usar a mancha na bochecha direita, mulheres solteiras à esquerda e amantes ao lado da boca. Muitas vezes, a colocação da *mouche* funcionava como um código para amantes secretos. Livros inteiros foram escritos sobre essa arte, contendo todos os códigos e significados por trás de seu uso.

Remendo de partido

Sob outro viés, o remendo tornou-se um método para mostrar seu apoio a determinado partido político. Poderia ser o partido que o marido de uma mulher apoiava, mas muitas vezes era a preferência da senhora. Aí está... uma peça de moda importante para as mulheres, em uma época em que elas não se manifestavam nem tinham chance de expressar suas opiniões. Nós, mulheres, sempre encontraremos um caminho.

O ensaísta e dramaturgo inglês Joseph Addison escreveu sobre isso no jornal satírico cofundado por ele, *The Spectator.* Em um de seus artigos, ele abordou esses "remendos de partido", como os chamava. Uma noite, quando estava assistindo à ópera, notou grupos de mulheres compartilhando "olhares hostis" entre si e viu que seus rostos tinham "remendos" aplicados de maneira diferente. Algumas haviam colocado sua marca no lado esquerdo da testa, outras à direita.

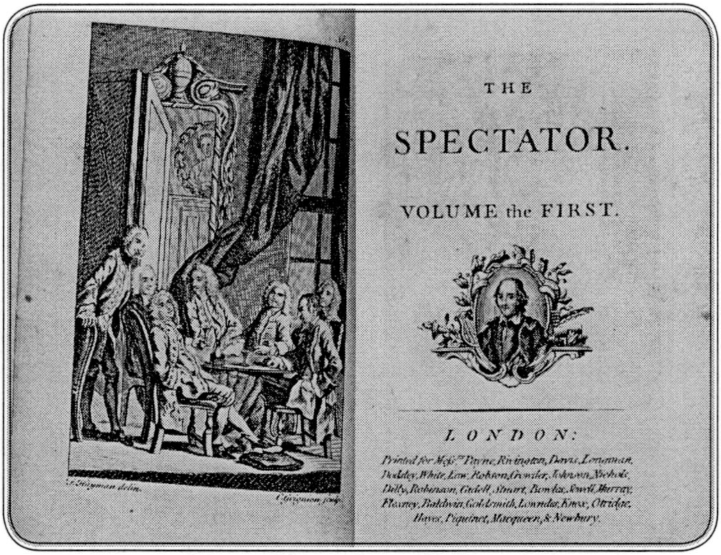

A edição de 1788 do jornal satírico de Addison.

"Após uma investigação", escreveu, "descobri que as mulheres à minha direita eram do partido Whig, e aquelas à minha esquerda, do partido Tory. E que aquelas que tinham colocado nas áreas do meio eram de um partido neutro, cujos rostos ainda não se haviam declarado." Addison acrescentou um toque de humor ao descrever uma mulher que tinha uma grande mancha natural na testa que causou muita confusão entre as demais senhoras. "Rosalina, uma famosa partidária Whig, infelizmente tem uma mancha enorme muito bonita na parte Tory da testa; que... tem levado a muitos erros e deu às suas inimigas o poder de deturpar o seu rosto, como se tivesse se revoltado contra o interesse pelo partido Whig." Acho que eu também teria causado muita confusão, já que sou bem sardenta.

Houve muitos opositores ao uso desses remendos, é claro. O clero e outros membros da sociedade acreditavam que a prática era inútil e que a vaidade representava, obviamente, a raiz do mal. O costume foi banido e trazido de volta muitas vezes ao longo dos anos, tendo renascido pela última vez nos primeiros dias da era cinematográfica de Hollywood. Já faz um bom tempo que "a marca de beleza" não cruza nosso caminho, mas quem sabe? Assim como as moscas, as tendências de moda sempre dão um jeito de voltar.

Malepolish

As tendências têm uma natureza bumerangue. Normalmente elas voltam. No momento da escrita deste livro, homens com unhas pintadas estão de novo na moda, embora muitos achem que agora esse fenômeno se apresente de um jeito diferente. Só que os homens usam esmaltes, ou *malepolish*, como eu os chamo, desde cerca de 3.200 a.C.

Na Babilônia, em Roma e na China, sabe-se que os guerreiros pintavam de preto as unhas, lábios e cabelos, como preparação para a batalha. Na China, eles pintam as unhas há mais de cinco mil anos. Contudo, talvez seja mais preciso dizer que eles os "tingem", pois a mistura é mais líquida do que os esmaltes modernos a que estamos acostumados. Geralmente é feita a partir de uma combinação de claras de ovo, gelatina e cera de abelha. Mais comumente, porém, usam "kohl", que poderia ser feito de chumbo ou carvão vegetal.

A coloração das unhas foi idealizada principalmente pela classe alta e, dependendo da cor, para mostrar o *status* social. Em outras palavras: quanto mais escuras as unhas, mais importante você era. Mais ou menos como hoje. As unhas escuras a farão parecer durona. Acho que já escolhi a cor para a minha próxima visita à *man*icure.

Chapéus sobre saltos

No início dos anos 1400, a largura dos chapéus era o que mandava no pedaço. Quanto mais sombra você conseguisse fazer sobre os dedos dos pés, melhor. Porém, no final do século, a transição para o crescimento vertical, em direção ao céu, representou uma tendência alarmante. Um exemplo de moda foi o *hennin*.

O *hennin* era um tipo de chapéu em formato de cone ou de chifre de unicórnio, geralmente com um fino véu drapeado saindo de seu topo. À medida que a moda crescia em popularidade, a altura do *hennin* chegava a quase um metro e meio. As mulheres tinham que usar alfinetes, fitas ou mesmo cola, segundo algumas fontes, para mantê-lo preso à cabeça.

O chapéu era usado com uma ligeira inclinação, cerca de 45 graus, cobrindo todo o cabelo da mulher. E, como o *hennin* ficava muito para trás na cabeça, as mulheres frequentemente puxavam a linha do cabelo para trás, para que não aparecesse um único fio. Ter uma testa imensa estava na moda, por isso muitas delas também arrancavam as sobrancelhas!

A popularidade do *hennin* começou na Europa e se espalhou rapidamente para as cortes inglesas. Assim como a maioria das roupas de alta moda, esses acessórios eram reservados apenas para as mulheres de classe alta. Como tecer ou cuidar da lavoura envergando um chapéu de um metro e oitenta?

À medida que os diferentes estilos de *hennin* se desenvolviam, era possível encontrar variações, como uma que parecia um chapéu turco, ou outra chamada de *hennin* borboleta, em que dois cones ou fios eram usados como picos, fazendo a mulher parecer envergar grandes orelhas de coelho embaixo do véu. Ou ter a cabeça enorme e em forma de coração da Rainha de Copas. Era simplesmente o último grito.

O meu é maior que o seu

Ao mesmo tempo que os chapéus das senhoras foram ficando mais altos, os homens travavam sua própria batalha "quem é maior". E não, eu não estou me referindo *àquilo*. Mente suja. Bem, talvez eu meio que esteja sim.

Na Idade Média, por volta dos anos 1360, a tendência da moda masculina para sapatos compridos e pontiagudos cresceu na Inglaterra. Na verdade, tornou-se popular logo após a Peste Negra ter matado uma grande parcela da população, motivo pelo qual provavelmente os homens quisessem algo um pouco mais alegre e leve em suas vidas. Shoppingterapia, se você achar melhor. Esses sapatos pontiagudos ficaram popularmente conhecidos como *poulaines*, traduzidos do francês grosseiramente como "sapatos usados na moda polonesa", pois se originaram de lá.

Com o passar dos anos (durou cerca de três séculos!), as pontas dos sapatos aumentaram cada vez mais, quase impossibilitando totalmente os cavalheiros de andar. Algumas pontas registradas chegaram a ter um metro e meio de comprimento! A partir da ponta dos dedos dos pés reais. Se o pé de um homem de estatura mediana tem cerca de 22 centímetros, eles andavam de um lado para o outro com quase um metro. É muita coisa para carregar! Basicamente, eles caminhavam sobre esquis de couro.

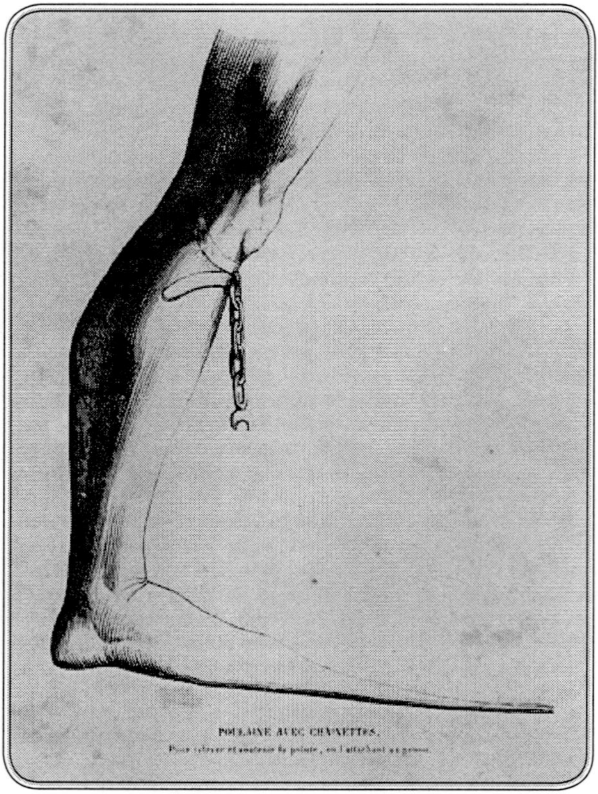

Algumas extensões ficavam tão pesadas que tinham que ser suportadas por correntes amarradas aos joelhos.

Os *poulaines* eram — como muitos outros itens da moda — um símbolo de *status*. Quanto mais longas as pontas, mais rico você era. Os homens mal conseguiam se mexer com esses sapatos, o que mostrava que eram suficientemente sofisticados para não precisarem fazer nenhum trabalho físico.

Como em outras modas mais ousadas, a igreja e o governo ficaram chocados com o significado sexual desses sapatos e com as leis colocadas em prática para regulamentá-los. Veja bem, muitos homens enchiam as pontas de seus sapatos com lã, ossos de baleia ou outros materiais para mantê-los — cada um deles — *eretos*. Alguns até mesmo pintavam as extensões dos sapatos com uma cor carnuda e irregular. Sim, a Idade Média era mais sexy do que pensávamos.

Esse calçado que desafia a gravidade reapareceu suavizado nos anos 1950 com os sapatos *winklepicker* — embora este último estilo fosse muito mais moderado. Os *winklepickers* tinham a ponta muito bicuda e eram usados nos anos 1950 pelos fãs britânicos de *rock 'n roll.* O grande retorno, porém, aconteceu no início dos anos 2000 em Matehuala, México. Os homens davam brilho às suas botas de caubói no mesmo estilo tradicional. O fato é que alguns desses estilos de sapatos — se é que realmente podemos chamá-los de sapatos — alcançam vários metros de comprimento. As extensões geralmente se curvam para cima da mesma forma que você imagina sapatos de elfo. Estilistas de alta-costura até mesmo começaram a apresentá-los em seus desfiles. Porém, como em qualquer tendência, é questão de tempo até que ela desapareça. Afinal... tudo o que sobe desce. *Piscadela.*

Meia-calça de quatro pernas

Parece uma meia-calça feita especialmente para os alienígenas Kang e Kodos Johnson de *Os Simpsons*, mas a inventora Annette Pappas tinha algo diferente em mente. A Meia-Calça x3 tem quatro pernas e se destina a oferecer às mulheres uma perna extra para onde quer que elas vão.

Você a usaria normalmente (enfiando uma perna em cada buraco) e dobraria as duas extras. Assim, no caso de um rasgo ou de qualquer outro problema, você poderia apenas ir até o banheiro e vestir a outra perna. Simples! Se ao menos eu conseguisse tirar a dupla Kang e Kodos da minha cabeça.

US005713081A

United States Patent [19]
Pappas et al.

[11] **Patent Number:** **5,713,081**
[45] **Date of Patent:** **Feb. 3, 1998**

[54] **PANTYHOSE GARMENT WITH SPARE LEG PORTION**

[76] Inventors: **Annette L. Pappas**, 907 Poplar St., Metairie, La. 70001; **Nita A. Vaccaro**, 4517 Lake Louise, Metairie, La. 70006

[21] Appl. No.: **751,501**

[22] Filed: **Nov. 18, 1996**

[51] **Int. Cl.**[6] **A41B 11/00**
[52] **U.S. Cl.** .... **2/409**; 2/239; 66/178 R
[58] **Field of Search** .... 2/239, 240, 409, 2/79, 237; 66/178 R, 169 R, 170, 172 R, 173, 172 E, 174, 175, 176, 177, 179, 180, 181, 182, 183, 184, 185, 186, 187, 188, 178 A, 189

[56] **References Cited**

U.S. PATENT DOCUMENTS

3,845,506	11/1974	Harris	2/224
4,019,208	4/1977	Walse, Jr. et al.	2/240
5,027,441	7/1991	Wilson	2/240
5,054,129	10/1991	Baehr	2/409
5,097,537	3/1992	Ewing	2/409

FOREIGN PATENT DOCUMENTS

2232675	1/1973	Germany	2/409

OTHER PUBLICATIONS

partial translation of the German reference '675, Jan. 1973.

Primary Examiner—Jeanette E. Chapman
Attorney, Agent, or Firm—Joseph N. Breaux

[57] **ABSTRACT**

A hosiery item including a panty member having three absorbent crotch members provided therein, each absorbent crotch member having a pocket formed therein; and three leg portions secured to the panty member in a manner such that an absorbent crotch member is positioned between any two leg portions, each leg portion having a leg insertion opening in connection with an interior of the panty member. In use the wearer inserts her legs into two of the leg opening in the conventional fashion of donning a pair of pantyhose. The remaining unused leg portion is then gathered and the toe end tucked into the pocket of one of the absorbent crotch members. If a run or hole develops in one of the leg portions being worn, the leg of the wearer can be easily and rapidly removed from the damaged leg portion and placed into the undamaged spare leg portion. The damaged leg portion is then gathered, folded and tucked into a pocket of one of the absorbent crotch members as wearer to select and use any two of the three leg portions for use.

8 Claims, 2 Drawing Sheets

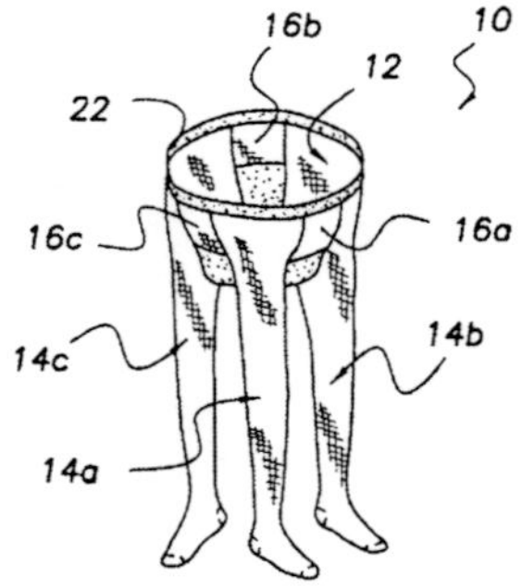

Puxe, cara!

Será uma satisfação para todas as mulheres saber que houve um momento — um momento muito rápido e quente — na história em que os homens tiveram um gostinho do que nós, mulheres, enfrentamos por culpa da moda. No final do século XVII e início do século XVIII, ter a cintura fina estava muito na moda, não só para as mulheres mas também para os homens! A alta moda da época para os homens incluía calças e jaquetas bem ajustadas. Porém, e quanto àqueles que precisavam de um pouco de ajuda para afiná-la? Artifícios modeladores? Bem, por volta de 1820, os homens começaram a usar espartilhos pela primeira vez na história. Deixarei isso ficar na sua mente por um momento, caras.

Cinta revigoradora Reast para modelagem.

Uma marca de espartilho específica para homens, a cinta revigoradora Reast, expunha os muitos benefícios *masculinos* que traria: "além de exibir a figura e permitir ao alfaiate garantir um ajuste eficaz e uma aparência distinta, este espartilho com cinta combinando representa uma necessidade para a maioria dos homens a fim de promover a saúde e o conforto, junto com uma postura ereta e militar."

Os espartilhos são notórios pelos danos que podem causar aos órgãos internos, mas aparentemente não era esse o caso aqui. "Ele expande o tórax. Ele sustenta a coluna vertebral e mantém a figura ereta. Protege os pulmões e os rins do frio. Dá sustentação ao estômago." O anúncio segue demonstrando uma conversa (provavelmente fictícia) entre dois médicos experimentando o espartilho. (Desculpe, o *cinto*.)

> Dr. Wilson diz: "O cinto feito para mim pela Patente Reast é o mais confortável que já usei. Dá grande apoio aos músculos das costas e será muito útil para evitar o abaixamento."
>
> Dr. Haddon diz: "Agora estou usando o seu espartilho, e devo dizer que ele oferece um apoio maravilhoso. Certamente não deixarei de recomendá-lo aos meus pacientes."
>
> Recomendado por médicos para cavalheiros. Cinta Revigoradora Reast.

Tenho certeza de que você já adivinhou que essa tendência também não durou muito tempo. Acabou se associando à figura do dândi — homem excessivamente preocupado com refinamento e moda. Essa característica foi vista como muito feminina, motivo pelo qual os espartilhos dos homens foram guardados no fundo do armário pouquíssimo tempo depois.

Nós fizemos isso?

EMPREGOS SINGULARES

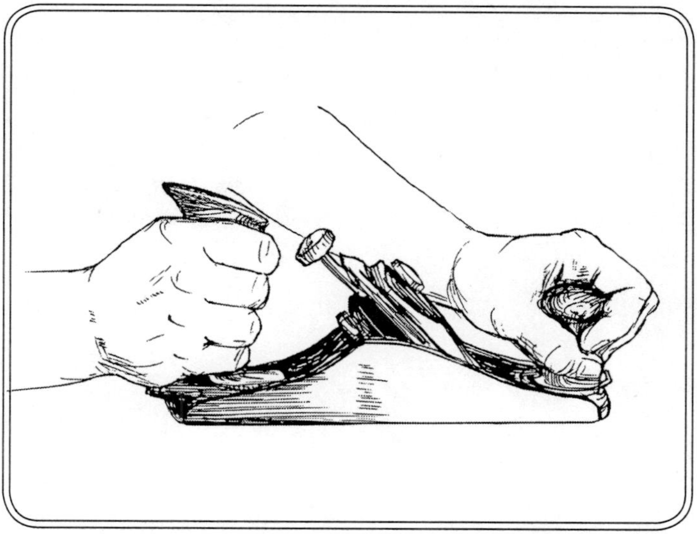

"Seja qual for o trabalho da sua vida, faça-o bem."

— Martin Luther King Jr.

Porque alguém precisa fazer

Alguém precisa fazer esses trabalhos. Você sabe, aqueles que são específicos demais para aprender por meio da educação universitária tradicional. Aquela carreira em que você meio que se encaixa por uma reviravolta do destino. Limpador de tanques de tubarão? Estilista de roupas de elefante? Existe alguém que responde por isso.

Alguns negócios surgem da demanda popular e desaparecem poucos anos depois, outros são necessários para a sobrevivência (até encontrarmos uma máquina para fazer o trabalho). Mas uma coisa é constante: os empregos singulares nos dizem muito sobre a engenhosidade e a habilidade da espécie humana. As pessoas são talentosas! Muito sagazes.

Além disso, essas profissões dizem muito sobre o período em que existiram: a influência da religião, os modismos do povo e o estado do mundo do trabalho. Muito pode ser aprendido olhando para o passado. Embora a tecnologia, a ciência e a modernidade tenham apagado dos classificados uma porção desses empregos, aqui — pelo menos por um capítulo — reviveremos aquelas experiências por intermédio das pessoas excêntricas que decidiram ser o tal "alguém" que precisava fazer isso.

Despertador humano

Pelas ruas de paralelepípedos, frias e úmidas,
o despertador humano rasteja.
Toca, batendo em cada vidro da janela,
para impedir que o mundo durma...

— Mike Canavan

Requisitos: Vara, ervilhas congeladas, imunidade ao mau humor.

Status: Extinto.

O "despertador humano" foi uma das primeiras versões de um despertador, na forma humana, surgido em meados do século XIX. As pessoas que precisavam se levantar bem cedo pagavam para esse profissional se aproximar e bater em suas janelas para acordá-las. A maioria dos clientes tinha empregos na indústria, o que exigia um horário rigoroso e precoce. Mas poucos tinham condições de comprar um relógio, que geralmente estava além do que seu salário poderia bancar.

Os "despertadores humanos" usavam varas longas para alcançar janelas altas, nas quais tocavam, ou atiravam ervilhas por um canudo. Eles não queriam acordar ninguém de graça, então esses métodos eram barulhentos o suficiente para fazer o trabalho, mas silenciosos o suficiente para não despertar o vizinho da janela de baixo.

Mas quem acordava esses profissionais? Muitas vezes, as pessoas se questionavam sobre isso. Aqui está uma musiquinha comum, parecida com um trava-língua, que surgiu na época:

> Tínhamos um despertador humano e nosso despertador humano tinha um despertador humano

E o despertador humano do nosso despertador humano não acordou nosso despertador humano

Portanto o nosso despertador humano não nos acordou

Porque ele não nos acordou.

Respondendo a essa pergunta atormentadora: muitos simplesmente se adaptavam a um horário vampírico. Dormiam de dia e acordavam no início da noite, prontos para começar o turno dali a algumas horas.

Esse ofício acabou caindo em desuso com o surgimento dos despertadores mecânicos. Seth E. Thomas patenteou o primeiro em outubro de 1876, embora esse movimento não tenha *realmente* parado aqueles caras. O trabalho continuou muito popular até os anos 1930; ocasionalmente, os "despertadores humanos" ainda eram contratados nos anos 1970. Depois disso, atingiram oficialmente o limbo das profissões remuneradas. Mas eu posso dizer que essa profissão ainda existe. Quando era pequena, mamãe era minha "despertadora humana" todas as manhãs antes da escola. Até que descobri o que era um despertador elétrico (e a responsabilidade). Agora, todas as manhãs fico presa ouvindo um toque calmante demais para me acordar, mas animado demais para ignorar e voltar a dormir. Acho que você sabe do que estou falando. Ai-ai. Saudade dos velhos tempos.

A virgem de trinta anos

Requisitos: Ser virgem, jovem, de preferência nascida nobre, gostar de fogo.

Status: Extinto.

Na Roma antiga, meninas entre seis e dez anos — época em que minhas prioridades consistiam na Britney Spears e em economizar para ter um walkman — eram selecionadas para um mandato de trinta anos a serviço da deusa Vesta. Essas meninas também precisavam ter todos os seus membros (pequeno detalhe) e ser nascidas em uma família nobre. Os deveres do trabalho de uma virgem vestal? Guardar e cuidar de uma antiga chama. Sua missão era servir à deusa Vesta e cuidar do seu santuário — mantendo a chama acesa —, além de outras tarefas diversas, como conduzir ofícios religiosos durante os dias de festa da Vesta, em junho.

O ensaísta greco-romano Plutarco escreveu sobre essas virgens: "Alguns pensam que essas vestais não tinham outra coisa a fazer senão preservar o fogo [sagrado]; mas outros concebiam que eram guardiãs de outros segredos divinos, ocultos de todos menos delas." *Não era um negócio ruim*, você pode pensar. Essas mulheres eram absolutamente reverenciadas na sociedade, muitas vezes recebendo liberdades que não eram permitidas a outras, como a de ter propriedades. No entanto, o preço desse privilégio era alto demais.

Se perdessem a virgindade ou cometessem algum erro menor, a punição era grave. A perda da virgindade significaria que seriam brutalmente espancadas e, depois, enterradas vivas. Alguns chegaram a dizer que eram forçadas a beber lava derretida.

Outras faltas, mais leves, como deixar o fogo se apagar, também levavam a grandes consequências. Afinal, acreditava-se que o fogo continuamente aceso estaria ligado à fortuna de toda a cidade. Negligenciar esse dever sagrado poderia significar uma tragédia para Roma.

Esse trabalho (para o que representava) foi parte central da cultura romana até 394 d.C., quando o imperador cristão Teodósio I libertou as vestais do que ele acreditava ser um ritual pagão. Tanto o trabalho delas, com todas as suas vantagens, quanto o fogo sagrado foram exterminados. Ainda é possível ver as ruínas do Atrium Vitae, onde elas moravam e trabalhavam, no Fórum Romano.

O provador oficial

Requisitos: Boca, estômago, baixos instintos de autopreservação, colocar a segurança em terceiro lugar.

Status: Ativo.

A antiga profissão de provador de alimentos, oficialmente conhecida pelo seu nome latino, *praegustator*, ou simplesmente degustador, sempre foi um pouco arriscada. Embora existam muitos empregos perigosos por aí (policial, operário da construção civil, bombeiro), para este aqui você se oferecia *sabendo que* certamente poderia morrer. Talvez você já soubesse pelos livros de história que muitas vezes a comida da realeza era provada antes, mas sabia que as pessoas se ofereciam para fazer isso? Não eram apenas os pobres escravos que eram empurrados para esse papel.

Como o nome sugere, os degustadores eram pagos para provar os pratos da realeza ou dos ricos. Assim, se a comida estivesse envenenada, o provador morreria no lugar de seu empregador. Basicamente, atingido por uma bala. A bala da comida. Por que alguém se alistaria para se submeter a isso? Bem, podemos adivinhar que esses profissionais achavam que os benefícios do emprego compensavam sua grande desvantagem. Afinal de contas, você poderia desfrutar da melhor culinária — comida literalmente adequada para um imperador ou um rei. Além disso, havia a lealdade ao soberano — blá-blá-blá. Também se pagava bem. O que é a morte perto disso, hein?

Um provador de alimentos lembrado ao longo da história foi um servo eunuco chamado Halotus. Ele era o mordomo-chefe e degustador do Imperador Romano Cláudio. A razão pela qual Halotus é lembrado é bastante irônica: ele falhou no seu trabalho. Alerta de spoiler.

Seu chefe, o Imperador Cláudio, acabou sendo assassinado. Acreditava-se que tinha sido envenenado, e Halotus passou a ser o principal suspeito na investigação. Chocante, né? Estranhamente, porém, não havia provas suficientes para condenar Halotus. Então, ele passou o resto da vida no luxo. (O sucessor de Cláudio acabou lhe dando uma posição de prestígio... suspeito, não acha?)

No entanto, não é porque esse estranho trabalho é antigo que tenha desaparecido! *Tu-tu-tá*. Governantes desde Napoleão e a Rainha Elizabeth I até Hitler, o presidente turco Recep Tayyip Erdogan e o presidente dos EUA Barack Obama são conhecidos por terem tido provadores de comida.

O veneno é a pior arma de todas; cumpre sua tarefa sem revelar o rosto do assassino, e, às vezes, é tão sutil que se atribui a causa da morte a outra coisa. Enquanto houver pessoas em posições de poder que estejam protegidas por fortes muros, guarda-costas e afins, o veneno, infelizmente, será sempre uma ferramenta — em detrimento dos ousados provadores oficiais.

Por falar em profissões que exigem provar coisas questionáveis, aqui temos mais uma.

Provador de comida de cachorro: é lógico supor que qualquer tipo de alimento está destinado a ser provado, mas quando é que a vida fez algum sentido? Os provadores de ração existem para avaliar o sabor, a textura e o cheiro da comida de cachorro, em comparação com outras marcas. Ainda assim, é interessante, e perturbador, notar que nós humanos somos mais propensos a comprar comida e guloseimas que cheiram bem para *nós*, e não necessariamente para nossos cães. Então, a maioria dos aromas, corantes e sabores artificiais que estão incluídos nos alimentos para cães é voltada, na verdade, para nos beneficiar. Já mencionei que existem pessoas por aí que têm que comer *comida de cachorro* para ganhar a vida?

Os homens do solo noturno

Requisitos: Não se importar em se sujar e se dedicar a fazer merda.

Status: Ativo.

Antes dos sistemas de esgoto, havia apenas algumas opções para se livrar das nossas, *aham*, fezes. Podíamos despejá-las em um rio ou enterrá-las em buracos. Nas cidades, porém, as opções eram mais limitadas. Os centros urbanos não eram os lugares mais agradáveis para morar antes da criação dos sistemas de esgoto. Com poucos meios de nos livrarmos do nosso próprio lixo, muitas vezes ele chegava às ruas na forma de fossas profundas no chão.

Como isso era gerenciado? A quem deveríamos recorrer? Bem, quando a merda estava literalmente amontoada, o homem do solo noturno vinha nos socorrer! Ele também era conhecido como *gong farmer* ("agricultor de gongo"), e, na Roma antiga, *stercorarius*. Para quem não conhece o termo "solo noturno", trata-se de uma forma educada de se referir ao excremento humano. Esses empreiteiros independentes se aproximavam em suas carroças recolhendo nosso cocô e outras porcarias. Como quem tira água de um poço, eles recolhiam o lodo, balde por balde. Quando havia excesso no fundo que não podia ser recolhido por meio de um balde, os operários tinham que descer em uma escada até a profundidade do buraco. Eles ficavam literalmente na merda!

Anúncio do século XVIII da "Nightman & Rubbish Carter" em busca de um aprendiz.

Não era incomum os homens do solo noturno serem compensados com uma garrafa de gim. Mas havia outros tipos de lucro a serem obtidos. Quando enchiam as carroças e carrinhos, eles carregavam suas cargas para fora da cidade. O lixo era separado em qualquer coisa que pudesse ser reaproveitada ou dar lucro, e o solo noturno era vendido a um preço decente aos fazendeiros para servir de fertilizante para as colheitas. O ciclo da vida: comemos o alimento, fazemos cocô, nosso cocô fertiliza o novo alimento.

"Muckmen" ou "gong-fermors" (respectivamente, em tradução livre, "homens do esterco" ou "agricultores de gongo") eram outros nomes usados para se referir aos homens do solo noturno no passado, mas há uma palavra haitiana moderna para esse trabalho também: *bayakou*. Sim, esse emprego está vivo ainda hoje. A fotojornalista Andrea Bruce, da *National Geographic*, oferece uma perspectiva interessante em um artigo sobre essa profissão. Os *bayakou*, em suas palavras, são "operários que esvaziam latrinas". Como a falta de saneamento ainda representa uma ameaça mortal e o esgoto constitui um sistema em desenvolvimento no Haiti, esses trabalhadores visitam o local onde o lixo está depositado — normalmente um buraco cavado no chão —, colocam os resíduos em sacos (geralmente manualmente) e os carregam em um caminhão. Um procedimento semelhante ao dos homens do solo noturno do passado. Uma coisa é certa: mesmo que tenha sido, e ainda seja, um trabalho desagradável, é necessário. Às vezes, os empregos mais estranhos são os mais importantes.

Amaldiçoadores profissionais

Requisitos: Ser alfabetizado, eventualmente criativo, interessado nas artes das trevas.

Status: Ativo, se você gosta desse tipo de coisa.

Se você tivesse sido assaltado, enganado ou simplesmente se visse irritado com alguém na Roma antiga, precisava resolver o assunto com as próprias mãos. Ou, melhor, colocar os assuntos nas mãos do sobrenatural. Naquela época, Roma não tinha uma força policial formal, com exceção da vigilância noturna. Então, que maneira melhor de buscar justiça do que envolver os deuses e amaldiçoar a pessoa que o prejudicou? Que tal marcar o nome dela com um mau agouro realmente desagradável em uma peça de metal ou pedra que sobreviverá por milhares de anos?

Essa prática tornou-se tão procurada que ficou clara a necessidade de constituir uma ocupação oficial. Um profissional. Nunca mais maldições *amadoras*. Foi assim que surgiu o estranho emprego de "amaldiçoador".

Tudo o que você precisava fazer era procurar o seu "amaldiçoador" local, que esculpiria o que você queria ou até mesmo empregaria uma linguagem-padrão de maldição, se você não fosse lá muito poético. Para atingir o seu grau máximo, a maldição muitas vezes era redigida de trás para a frente. Adicionar serpentes ou algo semelhante à Medusa tinha um custo à parte.

Uma vez pronta, você deixava sua tábua presa às paredes da casa do amaldiçoado, no seu pátio ou em um templo ou local sagrado. Muitas tábuas foram descobertas ao longo dos anos em santuários por todo o mundo.

Eu mesma vi algumas dessas tábuas, no verão passado, quando visitei a cidade de Bath, na Inglaterra. Nos banhos romanos, que eram ao mesmo tempo um local de encontro e de culto dedicado à deusa Sulis Minerva, existia uma extensa coleção de moedas que haviam sido lançadas na água mais de mil anos atrás. Sobre essas moedas, ou em tabuletas finas feitas de chumbo, os amaldiçoadores invocavam a deusa Sulis Minerva — a patronesse, entre outros, da justiça — para trazer males à saúde ou infortúnio à pessoa ali nomeada. Aqui estão algumas maldições que foram traduzidas:

> "Amaldiçoo Tretia Maria e sua vida e sua mente e memória, além de fígado e pulmões, e suas palavras, pensamentos e memória; assim ela não conseguirá falar o que está oculto."
>
> "Docimedis perdeu duas luvas e pede que o ladrão responsável perca a cabeça e os olhos no templo da deusa."
>
> "Que aquele que levou Vilbia de mim se torne líquido como a água. Que aquele que tão obscenamente a devorou se torne um idiota."

Para este último, podemos assumir que a pessoa estava falando de um animal que lhe foi roubado. A menos que "aquele que levou Vilbia" fosse um canibal e tivesse sequestrado o servo ou filho dessa pessoa, caso em que ele poderia se tornar tão líquido quanto água!

A maldição se espalhou, porém, para áreas fora dos territórios romanos. Em Amathus, uma antiga cidade do Chipre, hoje um sítio arqueológico, foi descoberta uma tábua de pedra com a seguinte maldição esculpida:

"Que seu pênis doa quando você fizer amor."

Tsssss. Essa foi quente. Brincadeira!

Arrancador de pelos de axilas

Requisitos: Atenção aos detalhes, capacidade de lidar com situações cabeludas.

Status: Extinto.

Já que estamos falando de banhos romanos antigos... Visitar as termas romanas representava uma experiência semelhante a ir a um spa. Depois de dar um longo mergulho na água mineral quente, você era mimado nos quartos adjacentes (pense neles como se fossem vestiários chiques, já que eram separados por sexo). Depois de se desintoxicar em uma sala de vapor e de ter sido muito bem esfregado por um dos escravos de lá, você também podia ser depilado. E, deixe-me dizer, os romanos eram quase tão maus quanto os *Millennials* quando se tratava de remover pelos do corpo.

As guildas de banho empregavam pessoas cujo único trabalho era arrancar os pelos das axilas. Ficar lisinho estava muito na moda nos séculos 1 e 2 d.C., motivo pelo qual esses serviços eram amplamente utilizados. Em geral, os profissionais especializados anunciavam o serviço boca a boca (e bem alto). A barulheira tornou-se tão socialmente comum que Lucius Annaeus Seneca (Sêneca), o tutor do jovem Imperador Nero, escreveu: "... e o arrancador de pelos, com sua voz estridente e aguda, gritando continuamente para ser notado. Ele nunca fica quieto, exceto quando está depilando axilas, forçando seus clientes a gritar no lugar dele." Agora, não conheço nenhuma pessoa sádica que arranca pelos das axilas. Não, nós temos depiladores armados com cera e laser para nos ouvir gritar em vez disso. Certas coisas nunca mudam.

"Expulsador" de igrejas

Requisitos: Atitude exagerada, amar a igreja.

Status: Extinto.

Antigamente, quando ir à igreja era, para muitos, uma exigência religiosa, havia uma espécie de leão de chácara para conter aqueles que ficavam muito agitados durante os cultos. Eram conhecidos como "knock knobblers" (literalmente, "knock" significa "batida" e "knobbler", "jovem cervo"). Não é um nome que se ouve todos os dias, não é mesmo? Outro título pelo qual eram frequentemente conhecidos era "apanhador de cães", mas seus deveres profissionais muitas vezes se expandiam além desses limites. Quantos cães vadios poderiam existir para capturar, afinal de contas?

Desde crianças malcomportadas até cães de rua que interrompiam sermões — o trabalho de um "expulsador" consistia em tirá-los da igreja. Eles eram empregados pela igreja para manter a ordem e o silêncio. Porém, no seu tempo de inatividade, brandiam longas varas para cutucar qualquer um que flagrassem cochilando. Foram mais ativos na Inglaterra, durante a era elizabetana, e sua existência adormeceu não muito tempo depois.

"Plumasseiro"

Requisitos: Penas e tendências artísticas.

Status: Ativo.

A profissão de *plumassier* ("plumasseiro") está ligada a um tipo especial de pássaro. Trata-se de artesãos que desenham penas ornamentais. Bem, acho que a natureza as desenha. Os "plumasseiros" projetam as penas desenhadas! Por amor à moda aviária, esses artesãos habilidosos coletam, tratam e desenham seus produtos macios à mão. Você não apenas precisa gostar muito de penas, mas também ter um olhar artístico. Esse trabalho de produzir acessórios com penas remonta à Idade da Pedra e, como todas as formas de arte, se transformou. Da antiga arte de parede aos toucadores, ventiladores, vestidos de baile e sapatos com penas que você vê hoje na passarela.

Apesar do estereótipo de que as mulheres estariam mais inclinadas à moda, originalmente esse ofício era dominado por homens — existe essa diferenciação de trabalho por gênero até mesmo no mundo dos artesãos. Durante uma entrevista feita em uma das últimas oficinas de *plumassier* da França, chamada Maison Lemarié, a jornalista Merle Patchett descobriu que, antes de 1776, "os 'plumasseiros' eram considerados uma comunidade antiga e masculina". Esse status foi influenciado, é claro, pelos homens. "As poderosas e patriarcais guildas de artesanato urbano, das quais os 'plumasseiros' faziam parte", continuou Patchett, "conspiraram para limitar a aprendizagem de meninas a uma estreita gama de ofícios". Normalmente, o trabalho atribuído às mulheres consistia em algo que poderia ser feito em casa. Nada que exigisse habilidade com máquinas. Por isso, o trabalho artesanal, orientado aos detalhes, na loja, era privativo dos homens. Assim, não só o artesanato mais plumassificado como também "os privilégios, a identidade do trabalho e os direitos consuetudinários, os adereços dos valores do trabalho artesanal, [quase] passaram a ser de domínio exclusivo dos homens qualificados".

Uma oficina de *plumassier* na França,
retratada por Diderot d'Alembert.

Acredito que não seja necessário dizer que o artesanato com penas é uma vocação muito específica. Mesmo no auge de sua indústria, não havia muitos profissionais desse tipo. Hoje ainda menos, com apenas alguns indivíduos que se dispõem a trabalhar nesse ramo. A Maison Lemarié é uma das últimas empresas especializadas nesse tipo de artigo. Foi fundada em 1875 e se tornou tão notável que tem entre seus principais clientes a Chanel, desde os anos 1960.

Usando Paris como exemplo, no final do século XIX, existiam centenas de "plumasseiros" na cidade. Era possível caminhar pelas ruas e contar dezenas de espécies de aves nos chapéus, vestidos e outros acessórios das mulheres. O valor das penas era pouco inferior ao dos diamantes. No Titanic, no fundo do oceano, há cerca de quarenta caixas de penas com valor estimado em mais de 2,3 milhões de dólares. Agora, cem anos depois, restam poucos "plumasseiros" — acho que, até o momento da publicação deste livro, menos de cinco.

Como esse comércio em ascensão perdeu as asas? Não é muito difícil adivinhar que, assim como na indústria de peles, as pessoas finalmente perceberam que a beleza tinha um preço muito alto a pagar. Muitas das vítimas da moda desse comércio estavam se extinguindo — e outras eram simplesmente massacradas às centenas em nome dos chapéus extravagantes. Então, em 1918, foi aprovada nos EUA a Lei do Tratado das Aves Migratórias, que protegia todos os pássaros que não fossem de caça ou domesticados. A própria moda se tornou um estigma e perdeu seu *hype*. Mas essa antiga prática — como sabemos pelo impulso contínuo do comércio de *plumassier* — não está totalmente perdida. Com opções artificiais e as penas *vintage* disponíveis, você ainda pode encontrar a arte ligada às plumas metendo o bico no mundo da moda em geral.

Arúspice

Requisitos: Estar em contato com o lado espiritual, ter estômago forte.

Status: Ativo.

Se o nome deste emprego singular soa assustador, provavelmente é apropriado. Um arúspice era um oficial religioso dos tempos antigos treinado para "ler" as entranhas de animais sacrificados, buscando um significado divino nelas.

A prática dos arúspices também foi chamada por outros nomes (com mais ou menos o mesmo nível de apelo), como "haríolo" e "adivinhador". O ritual era realizado quando alguém solicitava informações do reino espiritual — para lhes dar um sinal e/ou uma confirmação de que estavam no caminho certo. Qualquer funcionário do governo ou um general prestes a ir à guerra era obrigado a visitar seu arúspice local. Se um deus tivesse se enfurecido, era dever do arúspice determinar qual divindade tinha sido ofendida e qual seria a oferta correta para apaziguá-la. Normalmente, quando as entranhas eram atiradas no fogo, era também muito importante observar de que modo exatamente elas queimavam.

Essa prática desagradável pode ser rastreada até o segundo milênio antes de Cristo, e teve origem nos etruscos. Trata-se de um ramo do augúrio (termo com o qual você deve estar mais familiarizado), um tipo de adivinhação realizado pela leitura de sinais encontrados na natureza. Outras atividades muito populares dos arúspices consistiam em analisar como os pássaros voavam, observando que tipo de formação ou padrão criavam, ou os padrões de bicadas de um grupo de galinhas. Os arúspices também encontravam sinais em relâmpagos e em sons de trovões.

E qual era exatamente a motivação desse ofício? Pois bem, como essa profissão surgiu para observar os sinais da natureza, a teoria por trás da morte do animal era a de que, uma vez sacrificado a um deus, ele se tornaria parte do deus (tornando-se divino). Uma vez reveladas as entranhas do animal, era como se o arúspice estivesse dando uma espiada na mente do deus.

Apesar da morte desnecessária de animais e da crueza do trabalho, essa prática ainda é realizada em algumas áreas muito remotas do mundo. Você mesmo provavelmente já praticou uma vaga forma de arúspice. Por exemplo, já quebrou um osso do peito de uma galinha com alguém para ver quem terá mais sorte? Provavelmente é culpado de ser um arúspice!

Amolador de facas

Requisitos: Amolador para lâminas afiadas, rebolos portáteis.

Status: Ativo.

Sabe-se que o trabalho de amolador de facas, ou afiador de facas, existe pelo menos desde o século XVII, embora provavelmente remonte a anos anteriores. O que é um amolador de facas, você me pergunta? É alguém que anda por aí com um amolador portátil para oferecer o serviço de afiação às pessoas de sua cidade. Ele afia facas, tesouras e qualquer outro utensílio que precise de uma ponta afiada. E costuma ter um sino amarrado ao carrinho, para que os moradores do bairro saibam quando está passando. As pessoas geralmente saem correndo para afiar suas ferramentas, e muitos afiadores de facas têm clientes recorrentes, como restaurantes, hotéis e famílias.

Essa profissão pode parecer muito antiquada para ainda estar em voga, mas há um número surpreendente de amoladores de facas em todo o mundo que ainda pratica esse ofício. Aqui estão algumas fotos modernas tiradas em Paris, por um morador local chamado Francis, no 11º arrondissement. Ele é um dos seis *le rémouleurs* que ainda praticam esse ofício em Paris. Na lateral do carrinho do homem, você pode observar desenhos de um par de tesouras, uma faca e o que poderia ser um cutelo.

Um dos últimos *arrotinos* de Roma, chamado Carmine Mainella, foi entrevistado em 2013 por um jornalista do *New York Times*, sendo transcrito em um artigo chamado, em tradução livre, "Resgatando as lâminas de envelhecimento da cidade: um membro de um comércio agonizante". Mainella vem atuando no ramo há várias décadas, tendo sido apresentado pela primeira vez ao ofício como aprendiz na adolescência. Aos 75 anos na época de sua entrevista, toda a cidade o conhecia.

Embora tenha visto um declínio de demanda por seus serviços ao longo dos anos pela mentalidade de "comprar um novo" dos tempos modernos, Mainella tem conseguido se sustentar, e à sua família, por toda a vida. Ele é muito possivelmente um dos últimos amoladores de Roma. Ao ser perguntado sobre eventualmente se aposentar de seu ofício, Mainella respondeu:

"Lamento que um dia tenha que deixá-lo.
Mas, como todo mundo, mais cedo ou mais tarde,
todos nós temos que deixar tudo."

Esse é o nosso estilo de vida, não é?

Planejador de orgias

Requisitos: Atenção aos detalhes, gosto pela libertinagem.

Status: Ativo.

Vamos terminar este capítulo em um grande clímax — em todos os sentidos possíveis. Nos tempos da era cristã, você tinha que conhecer alguém que conhecesse alguém para entrar em contato com um planejador de orgias, mas, uma vez que o fizesse, todos os seus desejos mais loucos estariam mais próximos de seu alcance.

Apesar da diferença óbvia, este trabalho lembra o de um planejador de festas comum. Ele ficava responsável pela comida, pela bebida, pelo local, pela lista de convidados, pela música e muito mais. Ter muita atenção aos detalhes compreendia o requisito principal, pois muitas vezes essas festividades duravam *dias*.

Havia dança, copulação, às vezes matança (a paranoia é uma coisa real), canto e folia em geral. Certa vez, a esposa do Imperador Cláudio, Messalina, ficou tão empolgada que se casou com outra pessoa durante as festividades. Rapidamente, ela teve a cabeça cortada. Uma festa acabou ficando tão selvagem que seus participantes tomaram as ruas de Atenas e cortaram os falos de pedra das estátuas de Hermes, que frequentemente decoravam a fachada das residências das pessoas, uma escultura simbólica para trazer sorte e fertilidade.

As orgias daquela época não eram nada parecidas com as orgias amadoras de hoje — não que eu saiba como elas são atualmente. Ser um organizador de orgias representava um encargo muito sério e importante. As orgias foram eventos sociais de alta relevância nas sociedades grega e romana. Além do prazer indulgente de tudo isso, o exagero de uma orgia mostrava muito do status do anfitrião. Depois que a diversão terminava, porém, os organizadores de orgias eram, em sua maioria, marginalizados pela sociedade esclarecida. E aqueles de classes mais baixas se chateavam com as despesas extravagantes (e provavelmente ficavam meio infelizes por não terem sido convidados!).

Agora, eu *acho que* esta ocupação ainda está na ativa. Orgias ainda acontecem hoje, portanto é sensato supor que *alguém* as organize. Não que eu saiba pessoalmente que elas ainda acontecem.

FECHANDO O ARMÁRIO ENCARQUILHADO

Estamos chegando ao fim da prateleira no armário de nossa curiosa história. Pelo menos o fim de *uma* prateleira. Há muito mais a explorar no nosso passado. Tantas outras oportunidades para balbuciar: Que absurdo! Espero que este livro tenha despertado em você a curiosidade de continuar abrindo o armário metafórico, de continuar buscando e sorrindo para todas as coisas interessantes que temos feito, dito e imaginado através dos tempos.

Como os livros são fisicamente limitados (e os autores têm muito para pesquisar e escrever — e eu tenho orgias para participar), neste aqui nós apenas riscamos a superfície do nosso bilhete de loteria para a diversão. Espero que, se ele vender mais de dez exemplares (todos comprados pela minha mãe), então haverá mais livros como este por vir. Caso contrário, uma bela invenção chamada internet tem as respostas para você. E, ainda, a biblioteca. A propósito, quem "inventou" a biblioteca? Esta será a sua primeira tarefa.

Se há algo que aprendi ao longo desta jornada, e espero que você também tenha aprendido, é que somos brilhantes e falíveis. Nossa espécie inventou as soluções mais fascinantes para problemas que não sabíamos que tínhamos. Cometemos erros embaraçosos, porque somos tão falhos quanto nossos semelhantes. Acreditamos nas coisas mais estranhas, só porque... por que não? Então, caro leitor, não vamos julgar nossos antepassados com muito rigor. Afinal, daqui a alguns séculos nós seremos os ancestrais loucos que pareciam não saber que diabo estavam fazendo. E o ciclo se repetirá! Um brinde ao nosso brilho futuro, à falta dele e à ingenuidade inegável.

"*Nenhum livro é tão ruim
que algo de bom não
possa sair dele.*"
— Plínio, o Velho

REFERÊNCIAS

Nós fizemos isso? Mancadas, tolices e bizarrices

Abbott, Geoffrey. *The Executioner Always Chops Twice: Ghastly Blunders on the Scaffold*. Nova York: St. Martin's Press, 2002.

Anderson, Cass. "Modern Day Gladiator Defends His 'Shin Kicking Championship' World Title And This Sport Looks F'n Incredible." *BroBible*, jul. 2019. Disponível em: <https://brobible.com/sports/article/shinkicking-championship-recap/>.

Andrews, Stefan. "The Thai Queen who Drowned Because na Ancient Law Forbade Touching a Royal." *Vintage News*, 30 abr. 2018. Disponível em: <www.thevintagenews.com/2018/04/30/thai-queen/>.

Avakian, Talia. "16 odd things that are illegal in Singapore." *Business Insider*, 4 ago. 2015. Disponível em: <www.businessinsider.com/thingsthat-are-illegal-in-singapore-2015-7>.

Biblioteca do Congresso, Divisão de Imagens & Fotos, foto por Harris & Ewing, número de reprodução LC-DIG-hec-31631.

Bill, Bryan. "Hy-Brasil: The Legendary Phantom Island of Ireland." *Ancient Origins*, 12 mar. 2019. Disponível em: <www.ancient-origins.net/unexplained-phenomena/hy-brasil-legendary-phantom-islandireland-003608>.

Blome, Richard. *A New Mapp of America Septentrionale*, 1693. Cortesia de The Glen McLaughlin Map Collection of California as an Island.

Bouton, Terynn. "Mozart's Much Less Family Friendly Works." *Today I Found Out*, 20 maio 2014. Disponível em: <www.todayifoundout.com/index.php/2014/05/mozart-wrote-song-called-lick-arseright-well-clean/>.

Boyer, Crispin. *Famous Fails*. National Geographic, Washington, D.C.

Broome, Fiona. "Hy-Brasil: The Other Atlantis of Irish Legend." *Historic Mysteries*, 31 dez. 2010. Disponível em: <www.historicmysteries.com/hy-brasil-the-other-atlantis/>.

Brueghel, Peiter. *Peasant Wedding Dance*, c. 1607. Cortesia de Walter Arts Museum. Adquirido por Henry Walters.

Cavendish, Richard. "Siam Becomes Thailand." *History Today*, 23 jun. 2014. Disponível em: <www.historytoday.com/archive/siambecomes-thailand>.

Charney, Noah. "The Ghent Altarpiece: the truth about the most stolen artwork of all time." *The Guardian*, 20 dez. 2013.

Clare, Sean. "Illegal mince pies and other UK legal legends." *BCC News*, 6 abr. 2012. Disponível em: <www.bbc.com/news/magazine-17610820>.

Cockburn, Harry. "The UK's strangest laws that are still enforced." *The Independent*, 8 set. 2016. Disponível em: <www.independent.co.uk/news/uk/home-news/uk-strangest-weird-laws-enforcedchristopher-sargeant-sturgeon-armour-a7232586.html>.

Dearlove, Jack. "How the Sinking of the Titanic Was Reported." *Journalism.co.uk*, 13 abr. 2012.

Dvosky, George. "The Most Inaccurate Headline in the History of the Universe." *iO9*, 29 out. 2013.

Faber, Toby. "A Legendary Publishing House's Most Infamous Rejection Letters." *Literary Hub*, 12 set. 2019. Disponível em: <https://lithub.com/a-legendary-publishing-houses-most-infamousrejection-letters/>.

Gebco. "'Disappearance of Sandy Island.'" Dez. 2012. Disponível em: <www.gebco.net/news_and_media/gebco_and_sandy_island.html>.

Geologic Face on Mars Formation, 1976. Nasa ID: PIA01141. Cortesia da Nasa. Domínio público.

Gibson, Nathan. "Typos That Had Huge Unexpected Consequences." Ranker.

Gosline, Sheldon Lee. "'I Am a Fool': Dr. Henry Cattell's Private Confession about What Happened to Whitman's Brain." *Walt Whitman Quarterly Review*, v. 3, n. 4.

Hannah Dagoe resistindo à execução. C. século XVIII. Newgate Calendar.

Henderson, Corey; Rollman, Dan. *The Recordsetter Book of World Records*. Workman Publishing, 2011.

History.info. "1615: Turkish Sultan who Liked Bigger Women." Maio 2011.

Klevantseva, Tatiana. "Prominent Russians: Fyodor I "The Bellringer." *Russiapedia*. Disponível em: <https://russiapedia.rt.com/prominentrussians/history-and-mythology/fyodor-i-the-bellringer/>.

Kompster, "The Ten Rules of Shin-Kicking." Disponível em: <www.kompster.com/featured/ten-rules-shin-kicking>.

Kruse, Colton. "The Dancing Plague: Choreomania," *Ripley's Believe It Not*, 11 jul. 2016. Disponível em: <www.ripleys.com/weird-news/dancing-plague-choreomania/>.

Lee, Sidney. *Shakespeare's Handwriting*. London: Smith, Elder and Co., 1899.

Long, Tony. "July 22, 1962: Mariner 1 Done in by a Typo." *WIRED*, July 22, 2009.

Mabillard, Amanda. "Playing Fast and Loose with Shakespeare's Name." *Shakespeare Online*, 20 jul. 2011. Disponível em: <www.shakespeare-online.com/biography/shakespearename.html>.

Maxwell, Rebecca. "The Map Myth of Sandy Island." *GisLounge*, 9 maio 2012. Disponível em: <www.gislounge.com/the-map-myth-ofsandy-island/>.

Maylan, Greg. "The Mystery of an Island That Isn't There." *Auckland Museum*, 23 nov. 2012. Disponível em: <www.aucklandmuseum.com/2012/11/the-mystery-of-an-island-thatisnt-there>.

McAlister, Neil Harding. "The Dancing Pilgrims at Muelebeek." *Journal of the History of Medicine and Allied Sciences*, v. XXXII, edição 3, jul. 1977, p. 315-319. <doi.org/10.1093/jhmas/XXXII.3.315>.

Medrano, Kastalia. "The Weirdest Laws in All 50 States." *Thrillist*. Disponível em: <www.thrillist.com/entertainment/nation/weird-state-laws>.

Mikkelson, David. "Dord: The Word That Didn't Exist." *Snopes*, 4 jan. 2015.

Mother Nature Network. Disponível em: <www.mnn.com/earth-matters/animals/stories/21-animals-with-completely-ridiculous-names>.

National Park Service. "Thomas Edison." Disponível em: <www.nps.gov/edis/learn/historyculture/edison-biography.htm>.

Oakley, Nicola. "Owning one pet goldfish is illegal in Switzerland—and the reason might make you feel guilty." *Mirror*, 28 jul. 2016. Disponível em: <www.mirror.co.uk/news/weird-news/owning-one-petgoldfish-illegal-8511105>.

Redd, Wyatt. "Fart Proudly: Ben Franklin Loved Farting So Much He Wrote An Essay About It." *All That's Interesting*, 8 dez. 2017. Disponível em: <https://allthatsinteresting.com/ben-franklin-fart-proudly>.

Ridgway, Claire. "The Downfall of Margaret Pole, Countess of Salisbury, by Alexander Taylor." *Tudor Society*. 2015. Disponível em: <www.tudorsociety.com/the-downfall-of-margaret-pole-countess-ofsalisbury-by-alexander-taylor/>.

Ridgway, Claire. "The Execution of Margaret Pole, Countess of Salisbury." *The Anne Boleyn Files*, 27 maio 2010. Disponível em: <www.theanneboleynfiles.com/the-execution-of-margaret-pole-countessof-salisbury/>.

Rigg, Jamie. "Fiske's Reading Machine was a Pre-Silicon Kindle." *Engadget*, 6 jul. 2018.

Robinson, Melia; Sterbenz, Christina; Martin, Emmie. "The 17 strangest laws in America." *Business Insider*, 6 mar. 2015. Disponível em: <www.businessinsider.com/strangest-most-ridiculous-lawsin-america-2015-3>.

Sanson, Nicolas. *Americqve Septentrionale*, c. 1682. Cortesia de The Glen McLaughlin Map Collection of California as an Island.

Singh KC, Sanjaya. "Thaneswar Guragai of Nepal breaks 14 Guinness World Record titles and still counting!" *BlankPage*, 20 fev. 2017. Disponível em: <https://sanjayakc.wordpress.com/2017/02/20/thaneswar-guragai-of-nepal-breaks-14-guinnessworld-records-and-still-counting/>.

Spencer Collection, Biblioteca Pública de Nova York. "Horae," *New York Public Library Digital Collections*. Disponível em: <http://digitalcollections.nypl.org/items/1205b8f0-e35f-0135-3c6d-771f88f25699>.

Sports Weird-O-Pedia: The Ultimate Book of Surprising, Strange, and Incredibly Bizarre Facts About Sports. Freedman, Lew. New York: Racehorse Publishing, 2019.

Sterbenz, Christina. "The Entire 'Popeye' Franchise Is Based On Bad Science." *Business Insider*, 17 jan. 2014. Disponível em: <www.businessinsider.com/spinach-typo-popeye-2014-1>.

The Huffington Post. "Titanic Headlines in Vancouver Got It Very Wrong." 30 out. 2013.

The New York Times. "Woolen Mill Co-Owner Dies After Being Wrapped in Yarn." 12 ago. 1987.

The Saint Paul Globe (St. Paul, Minn.), 30 abr. 1905. *Chronicling America*: Historic American Newspapers. Livraria do Congresso. Disponível em: <https://chroniclingamerica.loc.gov/lccn/sn90059523/1905-04-30/ed-1/seq-12/>.

The Salt Lake Tribune. "Mars Peopled by One Vast Thinking Vegetable." 13 out. 1912.

Trista. "The Young Queen Sunandha Died From Drowning Because the Law Forbade Anybody to Touch Her By Pain of Death." *History Collection*. Disponível em: <https://historycollection.co/the-young-queensunandha-died-from-drowning-because-the-law-forbade-anybodyto-touch-her-by-pain-of-death/>.

Usher, Shaun. "Oh my ass burns like fire!" *Letters of Note,* 5 jul. 2012. Disponível em: <www.lettersofnote.com/2012/07/oh-my-ass-burnslike-fire.html>.

van Eyck, Jan. *Het Lam Gods* (middenstuk),1430-1432. Sint-Baafskathedraal te Gent. Saint-Bavo's cathedral Ghent.

Vellut, Guilhem. "Naki Sumo Baby Crying Contest." *Atlas Obscura*.

Vinckeboons, Joan. *Map of California shown as an island*. Domínio público. LCCN: 99443375. Call info: G3291.S12 coll .H3.

Vízkelety Béla Eger vár ostroma. c. 1890. Cortesia de Bródy Sándor Könyvatar Library.

Winters, S. R. "Stretching the Five-Foot Shelf." *Scientific American*, 1922.

Wood, Jennifer. "10 Rejection Letters Sent to Very Successful People." *Mental Floss*, 5 mar. 2014. Disponível em: <http://mentalfloss.com/article/55416/10-rejection-letters-sent-famous-people>.

Nós já acreditamos nisso? Superstições

Baxamusa, Batul Nafisa. 2018. "Orchid Flower Meaning and Symbolism: A Really Interesting Read." *Gardenerdy*, 29 jan. 2018. Disponível em: <https://gardenerdy.com/orchid-flower-meaning>.

Bergen, Fanny D.; William Wells Newell. 2007. *Current Superstitions*: Collected from the Oral Tradition of English Speaking Folk. Teddington, Middlesex: Echo Library.

Bowman, Ben. 2017. "The Origin of Throwing Rice At Weddings." *Curiosity.com*, ago. 2017. Disponível em: <https://curiosity.com/topics/theorigin-of-throwing-rice-at-weddings/>.

British Archaeological Association. 1895. *The Journal of the British Archaeological Association*. V. 1. Henry G. Bohn. 1° jan. 1895.

Charge, ou *The London Charivari Magazine*, 11 mar. 1854, v. 26, p. 100. Charge, 1854, mostrando a Rainha Vitória "Atirando um Sapato Velho" em seus soldados quando eles partem para a Guerra da Crimeia.

Cielo, Astra. *Signs, Omens and Superstitions*. New York: George Sully and Company, 1918.

Costantino, Grace. "Five 'Real' Sea Monsters Brought to Life by Early Naturalists." *Smithsonian.com*, 27 out. 2014. Disponível em: <www.smithsonianmag.com/science-nature/five-real-sea-monstersbrought-life-early-naturalists-180953155/?page=1>.

CRRC. "The Orchid in the Human Imagination." [n.d.]. Center for Research in Reproduction and Contraception. Acesso em: 26 abr. 2019. Disponível em: <http://depts.washington.edu/popctr/orchids.htm>.

Cryer, Max. 2016. "Superstitions and Why We Have Them." *Strawberry Hills*, NSW: ReadHowYouWant.

Cuming, Henry Syer. "Shoe Lore." *Journal of the British Archaeological Association*, ed. British Archaeological Association, 148-153. London: Bedford Press, 1895.

Czartoryski, Alex. 2011. "Lost At Sea: 5 Stories of Disappearing Ships." *Boating Safety and Safe Boating Blog,* mar. 2011. Disponível em: <www.boaterexam.com/blog/2011/03/lost-at-ea.aspx>.

Daniels, Cora Linn; C. M. Stevens. 2003. *Encyclopædia of Superstitions, Folklore, and the Occult Sciences of the World:* a Comprehensive Library of Human Belief and Practice in the Mysteries of Life. 1903.

Erbland, Kate. 2014. "7 Tooth Fairy Traditions from Around the World." *Mental Floss*, 22 ago. 2014. Disponível em: <http://mentalfloss.com/article/58503/7-tooth-fairy-traditions-around-world>.

Fitzgerald, James. *The Joys of Smoking Cigarettes*. New York: HarperCollins, 2007.

"Gaspar Schott." *Wikipedia*, 2 jun. 2018. Acesso em 2019. Disponível em: <https://en.wikipedia.org/wiki/Gaspar_Schott>.

Grammarist. "If the Shoe Fits and If the Cap Fits." [n.d.]. Acesso em: 17 abr. 2019. Disponível em: <https://grammarist.com/idiom/if-the-shoe-fitsand-if-the-cap-fits/>.

Heit, Judi. "Schooner Patriot and the Mystery of Theodosia Burr Alston—January 1813." 1º jan. 1970. Disponível em: <http://northcarolinashipwrecks.blogspot.com/2012/04/schooner-patriotand-mystery-of.html>.

Hibbert, Christopher, and David Starkey. 2007. *Charles I: A Life of Religion, War and Treason*. Basingstoke: Palgrave Macmillan.

Hingston, Michael. 2014. "Don't Tell the Kids: The Real History of the Tooth Fairy." *Salon*, 8 fev. 2014. Disponível em: <www.salon.com/2014/02/09/dont_tell_the_kids_the_real_history_of_the_tooth_fairy/>.

Houlbrook, Dr. Ceri. *The Concealed Revealed*. "The Folklore of Shoe-Shaped Confetti." 28 jul. 2016. Disponível em: <https://theconcealedrevealed.wordpress.com/2016/07/28/the-folklore-of-shoe-shaped-confetti/>.

Kanner, Leo, 1894-1981. *Folklore of the Teeth*. New York: The Macmillan Company, 1928.

Lys, Claudia de. *What's So Lucky about a Four-Leaf Clover?* And 8414 Other Strange and Fascinating Superstitions from around the World. New York: Bell Publishing Company, 1989.

Matsuo, Alex. *The Haunted Actor*: an Exploration of Supernatural Belief through Theatre. Bloomington: AuthorHouse, 2014.

Mikkelson, David. "Fact Check: 'Bananas on a Boat' Superstition." *Snopes.com*, nov. 2012. Acesso em: 2019. Disponível em: <https://www.snopes.com/fact-check/banana-ban/>.

"Monsters and Monstrosities: The Marvels and Wonders of the 'Physica Curiosa,' 1662." *DangerousMinds*, 4 abr. 2017. Acesso em: 7 mar. 2019. Disponível em: <https://dangerousminds.net/comments/monsters_and_monstrosities_the_marvels_and_wonders_of_the_physica_curiosa_1>.

Murrell, Deborah. 2008. *Superstitions: 1,013 of the Wackiest Myths, Fables & Old Wives Tales.* Pleasantville, NY: Readers Digest.

Opie, Iona Archibald; Opie¸ Peter. *The Lore and Language of Schoolchildren.* New York: New York

Review Books, 2001. Disponível em: <https://books.google.com/books?id=ZDUSAAAAYAAJ&printsec=frontcover&source=gbs_ge_summary_r&cad=0#v=onepage&q&f=false> (Wedding Superstitions 7-16).

Phrases.org. "Bad Luck Comes in Threes—Phrase Meaning and Origin." Acesso: 2 maio 2019. Disponível em: <www.phrases.org.uk/bulletin_board/32/messages/643.html>.

Pickering, David. *Cassell Dictionary of Superstitions*. London: Cassell, 1995.

Rachel's English. "10 Everyday Idioms." Jan. 2019. Disponível em: <www.youtube.com/watch?v=cnFdm8_nArQ>.

Ringmar. "Politics without Borders: The Royal Touch." *History of International Relations*. Disponível em: <http://ringmar.net/politicaltheoryfornomads/index.php/category/an-anarchisthistory-of-the-state/sources/>.

Sacred Texts. [n.d.]. "Throwing the Shoe." *The Origins of Popular Superstitions and Customs*: Marriage Superstitions and Customs:(6) Throwing The Shoe. Acesso em: 2019. Disponível em: <http://www.sacred-texts.com/neu/eng/osc/osc38.htm>.

Strom, Caleb. 2018. "Tooth Fairy Tales: The Strange Origins of the Dental Sprite." *Ancient Origins*, 10 ago. 2018. Disponível em: <www.ancient-origins.net/myths-legends-europe/tooth-fairy-0010523>.

"The Scientific American Supplement. Index for Vol. 62." 1906. *Scientific American* 62 (1617supp): 25915-16. <https://doi.org/10.1038/scientificamerican12291906-25915supp>.

Tolliver, Lee. 2012. "Old Fishermen's Tales: The Curse of the Banana." *Pilot*, 23 jul. 2012. Disponível em: <https://pilotonline.com/sports/outdoors/article_3b4ecc9f-1753-5e30-b5d5-08fabed0d734.html>.

Webster, Richard. *The Encyclopedia of Superstitions*. Woodbury: Llewellyn Publications, 2008.

Wenegenofsky, Joe. 1996. "The Forbidden Fruit." *TheFisherman.com*. 1996. Disponível em: <www.thefisherman.com/index.cfm?fuseaction=feature.display&feature_ID=827&ParentCat=2>.

Willis, Richard. *USS Wasp*. https://flic.kr/p/cYiKNs. (Somente foto.)

Writing Explained. "What Does Shoe Is On the Other Foot Mean?" [n.d.]. *Writing Explained*. Acesso em: 2019. Disponível em: <https://writingexplained.org/idiom-dictionary/shoe-is-on-the-other-foot>.

Nós já prescrevemos isso? Tratamentos médicos, charlatões e loucura

Ausschnitt. Von dem allerbesten Land so auff Erden ligt. 1671. Domínio público.

Barbara's Banter. "Bon Appétit." 24 ago. 2014. Disponível em: <www.barbdahlgren.com/?p=2359>.

Barrett, Erin; Mingo, Jack. *Doctors Killed George Washington*. Conari Press.

Bermudez, Esmeralda. "'Vivaporu': For many Latinos, memories of Vicks VapoRub are as strong as the scent of eucalyptus." *Los Angeles Times*, 26 mar. 2019.

Charleston, Libby-Jane. "Chastity Belts and Crocodile Dung: a History of Birth Control." *HuffPost*, 30 dez. 2016.

Darby, Marta. "El Bix—a Cuban Cure for All That Ails You." *My Big Fat Cuban Family*, 8 mar. 2011.

Davis, Matt. "19th-century medicine: Milk was used as a blood substitute for transfusions." *Big Think*, 17 abr. 2019.

Dolan, Maria. "The Gruesome History of Eating Corpses As Medicine." *Smithsonian Magazine*, 6 maio 2012.

Forth, Christopher. "The Lucrative Black Market in Human Fat." *The Atlantic*, 26 maio 2019.

Goldstein, Darra. "A Medieval Russian Hangover Cure." Disponível em: <https://recipes.hypotheses.org/3979>.

Griffith, Ivor; editor. *American Journal of Pharmacy and the Sciences Supporting Public Health*, v. 94. Philadelphia College of Pharmacy and Science, p. 665-671, 1922.

Kang, Lydia, MD; Pedersen, Nate. *Quackery:* a Brief History of the Worst Ways to Cure Everything. Workman Publishing 2017, New York.

Kelsey-Sugg, Anna. "The laughing gas parties of the 1700s—and how they sparked a medical breakthrough." *ABC National Radio*, 20 fev. 2019.

Krichbaum, J. G. US Patent Office. US268693. 5 dez. 1882.

Os cérebros das cabeças dissecadas. Fotolitografia, 1940, sobre litogravura, 1543. Crédito: Wellcome Collection. Creative Commons.

Ricotti, Eugenia Salza Prina. *Meals and Recipes from Ancient Greece*. Getty Publications 2007.

Robert Seymour, 1829, gravura. Domínio público. Almapatter44.

Rodriguez Mcrobbie, Linda. "9 Fascinating Historic Methods of Contraception." *Mental Floss*, 25 fev. 2013.

Smith, Lesley. The Kahun Gynaecological Papyrus: ancient Egyptian medicine. *BMJ Sexual & Reproductive Health*.

Stephen, Leslie; Lee, Sir Sidney. *Dictionary of National Biography*. Smith, Elder, & Company, 1890.

Sugg, Richard. "Corpse medicine: mummies, cannibals, and vampires." *The Lancet*, 21 jun. 2008.

Sugg, Richard. *Mummies, Cannibals, and Vampires:* The History of Corpse Medicine from the Renaissance to the Victorians. Routledge, 2011.

the Elder, Pliny. *The Natural History of Pliny*, v. 4 (de 6).

Uma multidão de espectadores aguarda enquanto Tom Idle é conduzido em um carrinho com seu caixão para o local da execução e a forca. Gravura de William Hogarth, 1747. Crédito: Wellcome Collection. Creative Commons.

Uma transfusão de sangue pioneira de um cordeiro para um homem. Crédito: Wellcome Collection. Creative Commons.

Vester, Franz. Escritório de Patentes dos EUA. US81437. 25 ago. 1868.

Nós inventamos isso? Invenções surpreendentes e malucas

Amphibious Bike / Cyclomer. Flickr Commons. Nationaal Archief / Spaarnestad Photo / Fotograaf onbekend, SFA002005344. Disponível em: <www.flickr.com/photos/nationaalarchief/4193508602/>.

Art and Picture Collection, Biblioteca Pública de Nova York. "Sunshade For Vehicles." *New York Public Library Digital Collections.* Disponível em:

<http://digitalcollections.nypl.org/items/510d47e1-3383-a3d9-e040-e00a18064a99>. (Foto e referência The Early Visor.)

Battle, Daniel S. "Flood protection container for vehicles." US Patent Office; US4315535.

Bertolini Giuseppe (Us). Ocean Floating Safe. United States. Menotti Nanni. US1166145. Disponível em: <www.freepatentsonline.com/1166145.html> (Foto e referência The Unsinkable Safe.)

BM Reims. Domínio público. Disponível em: <https://commons.wikimedia.org/w/index.php?curid=48571590>.

Catálogo Nacional de Arquivos. National Archives ID 45499786. Local ID 165-WW-272D-3. Fotógrafo: Underwood and Underwood. Disponível em: <https://catalog.archives.gov/id/45499786>. (Fotos e referências sobre "Unsinkable".)

Fawcett, Bill. *It Looked Good on Paper:* Bizarre Inventions, Design Disasters, and Engineering Follies. New York: Harper Collins, 2009.

Folsom, Dwane. Canine Scuba Diving Apparatus. US Patent 6,206,00 B1. 27 mar. 2001.

George Arents Collection, Biblioteca Pública de Nova York. "X-ray apparatus." *New York Public Library Digital Collections*. Acesso em: 28 jan. 2019. Disponível em: <http://digitalcollections.nypl.org/items/510d47e2-4734-a3d9-e040-e00a18064a99>. (Foto da abertura do capítulo.)

Hedley, Ralph (falecido em 1913)—BBC Your Paintings (agora disponibilizado por Art UK), domínio público. Disponível em: <https://commons.wikimedia.org/w/index.php?curid=27892392>.

In70mm. "Behind the Scenes of 'Scent of Mystery' in Glorious Smell-O-Vision." *YouTube*, 4 dez. 2015. Disponível em: <www.youtube.com/watch?v=mRdEbb3_YEE>.

Laube, Carmen. "A Brief History about Hans Laube: a Personal Reflection on the Osmologist Responsible for Smell-O-Vision." *In 70 mm*. Disponível em: <www.in70mm.com/news/2016/hans_laube/index.htm>.

Pollack, Rich. "Beyond 'Sit,' 'Speak' and 'Stay': Shadow, the Scuba-Diving Dog." *Orlando Sentinel*, 25 out. 1993. Disponível em: <www.orlandosentinel.com/news/os-xpm-1993-10-25-9310250320-story.html>.

Seymour, Robert. Dois homens usando cartolas giratórias com vários acessórios para auxílio óptico e tabaco etc. Gravura colorida por R. Seymour, 1830. Cortesia de Wellcome Library.

VanCleave, Ted. *Totally Absurd Inventions*. Andrews McMeel, Kansas City. 2001.

Williams, James A. Animal-Trap. Specification forming part of Letters Patent n. 269,766. Datado de 26 de dezembro de 1882. (Foto e referência da pistola de ratoeira.)

Nós fizemos isso? Dor e morte em nome da beleza

Addison, Joseph. *The Spectator*, "Party Patches." 2 jun. 1711. Disponível em: <www.aboutenglish.it/englishpress/spectator81.htm>.

Arsenic Complexion Wafers. *The Cosmopolitan Magazine*, fev. 1896. Disponível em: Flickr. <https://flic.kr/p/ou5B9P>.

Art and Picture Collection, Biblioteca Pública de Nova York. "Poulaine Avec Chainettes." *New York Public Library Digital Collections*. Acesso em: 29 ago. 2019. Disponível em: <http://digitalcollections.nypl.org/items/510d47e1-3274-a3d9-e040-e00a18064a99>.

Banner, Lois W. *American Beauty*. New York: Knopf, 1983.

Bowman, Karen. *Corsets and Codpieces*: a History of Outrageous Fashion, from Roman Times to the Modern Era. Skyhorse Publishing, 2016.

Collectors Weekly, 4 maio 2017. Disponível em: <www.collectorsweekly.com/articles/sexy-face-stickers/>.

Cosgrave, Bronwyn. *The Complete History of Costume and Fashion*: From Ancient Egypt to the Present Day. New York: Checkmark Books, 2000. Disponível em: <www.fashionencyclopedia.com/fashion_costume_culture/Early-Cultures-Europe-in-the-Middle-Ages/Crackowes-and-Poulaines.html#ixzz5y0PkdsDu>.

Detalhe de um manuscrito do século XV de Renaud de Montaubon. Domínio público.

Diário de Samuel Pepys, 26 set. 1664. Disponível em: <www.pepysdiary.com/diary/1664/09/>.

Dieulefils, Pierre. *La Rieuse Aux Dents Noires* (Sorriso de dentes pretos). Gueixa com os dentes enegrecidos. Domínio púlblico. Disponível em: <http://nguyentl.free.fr/autrefois/scenes/peuple/tonkin_femme1.jpg>.

Docevski, Boban. "In 1929, Spruce Veneer Bathing Suits Were Described as Simple, Cheap, and Easy to Make, Yet Fashionable and Modern." *The Vintage News*, 26 set. 2016. Disponível em: <www.thevintagenews.com/2016/09/26/priority-spruce-girls-ladieswearing-spruce-veneer-bathing-suits-1929-2/>.

Eldridge, Lisa. *Face Paint*: the Story of Makeup. New York: Abrams Image, 2015.

Gilbert, Rosalie. "Medieval Women's Hats and Hennins." *Rosalie's Medieval Woman*. Disponível em: <www.rosaliegilbert.com/hatsandhennins.html>.

Gilles Edme Petit. *Le Matin*. Domínio público. Cortesia do Metropolitan Museum of Art. Número de acesso: 53.600.1042. Disponível em: <www.metmuseum.org/art/collection/search/388453>.

Herman, Eleanor. *The Royal Art of Poison:* Filthy Palaces, Fatal Cosmetics, Deadly Medicine, and Murder Most Foul. New York: St. Martin's Press, 2018.

Hernandez, Rigoberto. "Wonderful, Ridiculous, Head-Scratchingly Pointy Mexican Boots Are Now A Designer Item." *National Public Radio,* 26 mar. 2015. Disponível em: <www.npr.org/sections/codeswitch/2015/03/26/395391623/wonderful-ridiculous-headscratchingly-pointy-mexican-boots-are-now-a-designer-i>.

Hyland, Veronique. "Yes, Men in the 18th Century Wore Corsets." *The Cut*, 6 abr. 2015.

Imbler, Sabrina. "Why Were Medieval Europeans So Obsessed With Long, Pointy Shoes?" *Atlas Obscura*, 22 maio 2019. Disponível em: <www.atlasobscura.com/articles/medieval-europeans-pointy-shoes>.

Kunisada, Utagawa. Gravura impressa por Kunisada I, assinada como "Gototei Kunisada ga," série: Mirrors of the Modern Boudoir, título *Tooth Blackening*, publicada por Azumaya Daisuke, c. 1823. Arquivo de domínio público. Disponível em: <https://commons.wikimedia.org/w/index.php?curid=66250607>.

Little, Becky. 2016. "Arsenic Pills and Lead Foundation: The History of Toxic Makeup." *National Geographic.* National Geographic Society. 22 set. 2016. Disponível em: <https://news.nationalgeographic.com/2016/09/ingredients-lipstick-makeup-cosmeticsscience-history/>.

Lubitz, Rachel. 2019. "Nail Polish for Men Is Finally 'Normal'—Just Like It Used to Be 5,000 Years Ago." *Mic*, 7 maio 2019. Disponível em: <www.mic.com/articles/136830/nail-polish-for-men-is-finallynormal-just-like-it-used-to-be-5-000-years-ago>.

Mallory, Aileen. 1995. "Don't Know Much About History." *NAILS Magazine,* 1º jan. 1995. Disponível em: <www.nailsmag.com/article/40736/dont-know-much-about-history>.

Miller, Harry L. US Patent Office, 1901. US667447A.

Montaigne, Marie. *How to Be Beautiful*. New York: Harper, 1913.

Montealegre, Hazel Mann. US Patent Office, 1924. US1497342A.

Oatman-Sanford, Hunter. "That Time the French Aristocracy Was Obsessed With Sexy Face Stickers."

Oliveras, Chloe. 2012. "The Colorful History of Nail Polish." *The Independent Florida Alligator*, 25 abr. 2012. Disponível em: <www.alligator.org/blogs/lifestyle/thefbomb/article_92924820-8e3d-11e1-b5bf-001a4bcf887a.html>.

Rance, Caroline. 2018. "Dr MacKenzie's Improved Harmless Arsenic Complexion Wafers." *The Quack Doctor*, 9 out. 2018. Disponível em: <http://thequackdoctor.com/index.php/dr-mackenziesimproved-harmless-arsenic-complexion-wafers/>.

Riordan, Teresa. *Inventing Beauty:* a History of the Innovations that Have Made Us Beautiful. New York: Broadway Books, 2004.

Sears, Roebuck & Co. Catalogue 1897. P. 31. Ed. Fred L.Israel. Chelsea House Publishers, NY. 1968. Disponível em: <https://hdl.handle.net/2027/uc1.31158001963940>.

Sun, Feifei. "These Boots Were Made for Dancing: Pointy Shoes South of the Border," *Time,* 27 mar. 2012. Disponível em: <https://time.com/3787277/pointy-shoes/>.

Universidade da Virgínia. "Reshaping the Body: Men's Corsets."

Utamaro, Kitagawa. *Yamauba Blackening Her Teeth and Kintoki.* 1795. Cortesia do The Metropolitan Museum of Art (domínio público). Acesso n. 1996.463.

van der Weyden, Rogier. *Portrait of a Lady*. C. 1460. National Gallery of Art. Andrew W. Mellon Collection.

Wooden Bathing Suit. Nationaal Archief / Spaarnestad Photo / Fotograaf onbekend, SFA002009921. Disponível em: <www.flickr.com/photos/nationaalarchief/4194412077/>. (Somente foto.)

Nós fizemos isso? Empregos singulares

Adriaen van Ostade. *The Knife Grinder / Le émouleur*. Holland, Haarlem, 1610-1685. Cortesia de Los Angeles County Museum of Art.

"Augury." *Occtulopedia*. Disponível em: <www.occultopedia.com/a/augury.htm>.

Bartsch, Adam von. *The Illustrated Bartsch*. New York: Abaris Books, 1978.

Bilger, Burkhard. "The Eternal Seductive Beauty of Feathers." *The New Yorker*, 18 set. 2017.

Bruce, Andrea. "Finding Dignity in a Dirty Job." *National Geographic*, abr. 2019.

Ḏḥwty. "Ancient Roman Curse Tablets Invoke Goddess Sulis Minerva to Kill and Maim." *Ancient Origins*, 14 abr. 2015. Disponível em: <www.ancient-origins.net/artifacts-other-artifacts/ancientroman-curse-tablets-invoke-goddess-sulis-minerva-020296>.

Erenow. "The Night-Soil Men." 28 ago. 2019. Disponível em: <https://erenow.net/modern/the-ghost-map/2.php>.
"Extispicy." *Occtulopedia.* Disponível em: <www.occultopedia.com/e/extispicy.htm>.

Francis. *Knife Grinder*, 19 maio 2008. Disponível em: <https://commons.wikimedia.org/wiki/File:Knife_grinder-1.JPG>.

Griffiths, Sarah. "'May the thief go mad and blind!': Roman 'curse tablets' etched with messages of revenge are added to the heritage register." *Daily Mail*, 25 jun. 2014. Disponível em: <www.dailymail.co.uk/sciencetech/article-2669296/May-thief-mad-blind-Roman-cursetablets-etched-messages-revenge-added-heritage-register.html>.

"Haruspex." *World Wide Words*. Disponível em: <www.worldwidewords.org/weirdwords/ww-har1.htm>.

History Undusted. "Knockers Up." Somente fotos. Disponível em: https://historyundusted.wordpress.com/tag/knocker-up/.

Hollstein, F. W. H. Dutch and Flemish Etchings, Gravuras e xilogravuras, ca. 1450-1700. Amsterdam: M. Hertzberger, 1949. Disponível em: <https://www.atlasobscura.com/articles/when-american-citieswere-full-of-crap>.

Kelley, Debra. 2016. "10 Crazy Tales Of History's Food Tasters." *Listverse*, 23 maio 2016. Disponível em: <https://listverse.com/2016/05/23/10-tales-of-sacrifice-and-ceremony-about-historys-hiddenfood-tasters/>.

Leon, Vicki. W*orking IX to V:* Orgy Planners, Funeral Clowns, and Other Prized Professions of the Ancient World. Walker Books: New York, 2007.

Luthern, Ashley. 2009. "Testing for Poison Still a Profession for Some." *Smithsonian.com. Smithsonian Institution*, 26 jun. 2009. Disponível em: <www.smithsonianmag.com/arts-culture/testing-for-poisonstill-a-profession-for-some-61805292/>.

Mark, Joshua J. 2019. "Vestal Virgin." *Ancient History Encyclopedia,* 2 jul. 2019. Disponível em: <www.ancient.eu/Vestal_Virgin/>.

Menkes, Suzy. "Andre Lemarie Is the Last of the Plumassier Breed: A King of Haute Couture Feathers Reigns Supreme." *The New York Times*, 15 dez. 1998.

Mingren, Wu. [n.d.]. "A Deadly Bite: The Plight of the Ancient Food Taster." *Ancient Origins*. Acesso em: 13 ago. 2019. Disponível em: <www.ancient-origins.net/history-famous-people/deadly-bite-plight-ancient-food-taster-009193>.

Moon, Jay. "The Industrial Revolution's Peashooting Human Alarm Clocks." *INISH*, 22 abr. 2016. Disponível em: <https://insh.world/history/theindustrial-revolutions-peashooting-human-alarm-clocks/>.

Patchett, Merle. "The Last Plumassier: Storying Dead Birds, Gender and Paraffection at Maison Lemarié." Sage Publishing, *Cultural Geographies*, 2018, v. 25(1) 123-134.

Peek, Sitala. "Knocker uppers: Waking up the workers in industrial Britain." *BBC News*, 27 mar. 2016. Disponível em: https://www.bbc.com/news/uk-england-35840393.

Povoledo, Elisabetta. "Rescuing City's Aging Blades, a Member of a Dying Trade." *The New York Times*, 7 out. 2013. Disponível em: <www.nytimes.com/2013/10/08/world/europe/rescuing-citys-agingblades-a-member-of-a-dying-trade.html>.

Richerman, Anúncio do século XVIII mostrando o homem do solo noturno. Domínio público. Disponível em: <www.jasa.net.au/london/sanitation.htm>.

Scala. 2018. "Vestal Virgins: Rome's Most Powerful Priestesses." 18 dez. 2018. Disponível em: <www.nationalgeographic.com/archaeology-andhistory/magazine/2018/11-12/vestal-virgins-of-ancient-rome/>.

Struck, Peter T. "Haruspex." University of Pennsylvania Dictionary. Disponível em:<www.classics.upenn.edu/myth/php/tools/dictionary.php?regexp=HARUSPEX&method=standard>.

The Costume of Great Britain. London, England, 1805. Science Museum, Londres.

The Miriam and Ira D. Wallach Division of Art, Prints and Photographs: Picture Collection, Biblioteca Pública de Nova York.

Van Haarlem, Cornelius. *Before the Deluge*, 1615. M.Ob.1472 MNW. Cortesia de Muzeum Narodowe w Warszawie. Domínio público.

"Vestal virgins serving in the temple." *New York Public*

Library Digital Collections. Disponível em: <http://digitalcollections.nypl.org/items/510d47e4-5f8b-a3d9-e040-e00a18064a99>.

Whiting, Jim. "Gong Farmers: Their Crop Was… Crap." *Nonfiction Minute*, 11 abr. 2019. Disponível em: <www.nonfictionminute.org/thenonfiction-minute/gong-farmers-their-crop-was-crap>.

Sophie Stirling é uma estudiosa de história e literatura cujas áreas de interesse abrangem o folclore de várias culturas. Ela também é uma autoproclamada nerd literária, adora trocadilhos e acredita que compartilhar textos, humor e leituras sobre história permite que tenhamos uma conexão mais profunda com nossos semelhantes, além de propiciar um olhar mais amplo sobre o futuro coletivo. Sophie escreveu *Que absurdo! Mancadas, histórias secretas e outras curiosidades* para expressar sua paixão pelo aprendizado e seu amor pelo mundo selvagem em que vivemos.